ESCALIER F

JEANNE CORDELIER

ESCALIER F

roman

PHÉBUS

I.S.B.N. : 978-2-7529-0754-7

À Christian, Michel, Lucette, Andrée, Patrick

Demain,
Demain, comme l'eau monte
Demain vient
Pauvre petit
Demain

HENRI MICHAUX,
In memoriam

Deuxième cour à gauche, sixième étage à droite, c'est là qu'on loge à neuf dans deux pièces. Y a la mère, le père, quand il n'est pas en taule, le cousin Michel qu'Andrée a adopté après la mort de sa sœur. Ensuite y a nous, les frères et sœurs. Je suis la troisième de la fratrie. Je me prénomme Danielle, mais en fait à la maison c'est rare qu'on m'appelle comme ça. C'est plutôt Danou ou Dany.

Je suis née le jour de la Saint-Lucien, le prénom de mon père. On ne choisit pas. L'événement a eu lieu le matin du 8 janvier 1944 à Baudelocque-Pinard, 125, boulevard de Port-Royal, Paris 14e. Ce que pendant la guerre on appelait l'usine à mômes. M'y avaient devancé Ed et Lucette. Lui né en 37, elle en 38 à dix mois d'écart. Six ans après moi avait déboulé Bernard, le bébé Cadum, celui qu'on exhibe. Deux ans plus tard arrive un rachot Christian, puis cinq ans après lui se pointe Patrick. Après la mère se fait vider. Elle a trente-neuf ans. Fini les chiards, elle n'en voulait plus. Elle n'en avait jamais voulu.

Largués, on s'était regroupés malgré nos années de différence. Et quand les coups pleuvaient, on se serrait les coudes, même chose lorsque l'un de nous était privé de manger. Aucun n'avait peur de glisser la main dans la huche à pain, d'en extraire un quignon rassis, de le tartiner de margarine et de le fourrer de morceaux de sucre dont nous savions qu'ils étaient comptés et que dès le lendemain au réveil nous devrions aller au rapport. Le conseil de discipline avait lieu dans la cuisine. Le père et la mère étaient assis à table avec leurs bols de café-crème, pendant que par ordre de grandeur nous étions alignés devant le buffet. Le cor de chasse, au son duquel le père nous avait réveillés, reposait sur ses genoux. Nous savions qu'à tout instant il pouvait souffler dedans et nous demander de nous mettre au garde-à-vous. «Achtung!» Nous obtempérions. Mais jamais aucun d'entre nous n'a dénoncé l'autre. Nous gardions le secret au prix de coups et autres offenses. Au garde-à-vous, nous apprenions quelques mots d'allemand, langue qu'il continuait de parler pour nous sommer de déguerpir. Il aurait été fait prisonnier et envoyé au STO là-bas. À ce que j'ai pu comprendre. Parce qu'ils ne nous racontaient rien de précis. En fait, ils ne nous parlaient pas. Ils nous abandonnaient au vide. Il faudrait inventer. Mettre les souvenirs bout à bout, se rappeler de mots comme : nés pendant la Première, enfant de l'Assistance publique. Il nous faudrait écouter nos voix intérieures pour raconter une histoire aux enfants à qui l'on n'en raconte pas. Une histoire pour ne pas rester dans le noir. Et cela dit, on a toujours fait front, juchés sur le cheval imaginaire ailé que ma sœur et moi avions dessiné à l'encre de Chine, elle le haut, moi le bas, sur les portes tristement blanches et écaillées du buffet de la cuisine. Ce qui nous avait valu un nouveau conseil de discipline. Mais pas davantage qu'aux autres, à celui-là aucun de nous n'avait cafté. Nous étions restés unis, solidaires. Ensemble, serrés les uns contre les autres, nous n'étions pas qu'une nichée, qui se tenait chaud. Nous étions un bouquet d'arbres écorcés, qui souvent tremblait, mais jamais ne ployait. Nous

nous tenions droits autant que nous le pouvions face à leur ignorance.

Une ignorance crasse qui aujourd'hui, quand j'en prends la mesure, m'effraie. Hier, je composais avec. Il fallait bien. On a grandi comme ça, peau contre peau, sans protection. Le temps passant, on s'est égaillés. La vie nous a projetés à droite et à gauche, sans bagages. Chacun, chacune a tracé sa route comme il l'a pu. On se voyait, puis on se voyait plus, mais jamais on ne se perdait de vue. Il y avait toujours le coup de fil, la lettre, la carte postale qui nous reliaient. On restait une cordée, celle de la deuxième cour, escalier F, sixième étage sans ascenseur.

J'arrivais en haut de la côte qui mène au village quand mon portable a sonné. C'était mon frère Bernard, c'est lui qui m'a annoncé la nouvelle. Il a dit :

– J'ai une mauvaise nouvelle à t'apprendre, Dany. Christian est mort. Il est décédé ce matin à cinq heures et demie à l'hôpital de Corbeil. Seul, a-t-il ajouté dans un sanglot contenu.

Ainsi, de six que nous avions été, nous n'étions plus que cinq…

Je me suis assise sur les marches de la salle des fêtes à deux pas, juste à côté des poubelles, auprès desquelles un chien rôdait. Un husky aux yeux très bleus. Je l'avais déjà croisé sur le chemin, et surpris sous le hangar à éventrer des sacs. Paraît-il qu'il avait un maître au village, mais que celui-ci ne s'occupait pas de lui. J'ai sorti de la poche de mon blouson le morceau de sucre que je réservais à l'âne et je l'ai appelé. Il a délicatement pris le sucre dans ma main ouverte, pendant que je lui caressais la tête. Il était trempé comme une soupe.

Malgré le mauvais temps, dans le jardin de la maison voisine, louée chaque année à des saisonniers portugais venus pour la cueillette des fruits, des gosses jouaient à se poursuivre à travers le linge suspendu à son fil. Une longue et lourde lessive faite de pantalons d'homme, de torchons et de draps dont le dernier, soulevé par le vent, touchait les vignes proches. Debout contre la grille, un jeune chien aboyait. Depuis le jardin d'en face, Pépita lui donnait le change et elle avait de la voix, Pépette ! Ses maîtres n'étaient pas là. Partis à l'enterrement d'une voisine. C'était la même chose depuis six ans. Je ne passais pas un mois au Vidou sans que la cloche de l'église ne sonnât le glas d'une existence.

Les cloches ne carillonneraient pas pour Christian, qui se disait anarchiste. Avait-il seulement été baptisé ? Il me semblait bien que non. Je crois que j'avais été la dernière à avoir été aspergée de cette eau dite bénite. Ce que je dois à la grand-mère qui m'a élevée. Elle partie, le cirque s'est arrêté. Plus de crucifix au mur, plus de buis bénit, fini les bondieuseries ! On tournait la dernière page du catéchisme pour passer à celles de *L'Huma*. Les souvenirs affluaient sans ordre et comme une eau crasseuse obscurcissaient ma pensée. Il y avait vingt-cinq jours. Vingt-cinq jours exactement, je venais de les compter sur mes doigts, qu'à peine consciente à bord d'un jet médicalisé j'avais quitté l'Albanie. De l'hôpital Mère-Teresa à Tirana, j'étais passée le temps de le dire à l'Hôpital américain de Neuilly. Courbatue de bas en haut, le corps encore dans un étau, conséquences de cinq crises d'épilepsie consécutives survenues durant mon sommeil. Je tentais de faire le point. Mais quel point ? Il n'y avait pas de point à faire. Christian l'avait mis, voilà tout.

Nous étions le 12 mai. Le 23 juin il aurait eu cinquante-trois ans. Les douze coups de midi ont sonné au clocher de mur de l'église toute proche, je les ai écoutés s'égrener, les yeux fixés sur le séchoir à linge de la mère du maire, disposé ce jour-là au pied de l'escalier de la salle des fêtes. Bien alignées, les culottes de la vieille dame y gouttaient. Culottes de coton à petites fleurs achetées chez M. Rousseau à l'épicerie que j'avais déclarée distinguée et qui se trouvait sur ce que Val et moi appelions *Main Street*, tandis que les gens d'ici disaient Grande-Rue. Je m'étais arrachée à la pierre froide. Arrachée, le mot ne me semble pas exagéré tant j'avais l'impression de faire corps avec elle.

Le husky m'a suivie. À mon avis, il avait une idée derrière la tête : trouver un maître qui ne lui taperait pas dessus. La Grande-Rue était déserte. Comme chaque lundi le village ressemblait à un village fantôme. Chez la buraliste, seule ouverte, j'ai acheté mon journal et une demi-baguette.

– Quel temps ! m'a-t-elle dit, frissonnante, tout en me rendant ma monnaie. On se croirait en novembre.

– Ne vous laissez pas ainsi dominer par vos impressions, ai-je objecté.

Elle m'a fait les yeux ronds et puis, à la manière des tortues, elle a rentré son cou dans son col roulé. Et là-dessus elle a disparu derrière le rideau qui séparait son commerce de son chez-elle. À la une du *Monde*, ce 12 mai, l'Irak était au rendez-vous. Je lirai plus tard ou pas. J'écouterai la radio. Parlerai avec Val, qui aurait déjà tout lu sur la toile.

J'ai redescendu le chemin, la main serrée sur mon portable. La voix de Christian y résonnait encore. On s'était parlé trois jours plus tôt. Et celles de ses paroles qui ne s'étaient pas envolées me revenaient avec une douloureuse acuité :

– Tu te souviens de ce cheval pommelé chez la nourrice ? Je crois bien qu'il s'appelait Cob. On nous défendait de l'approcher, parce qu'il était méchant. Un jour, pour voir si c'était vrai, je lui ai caressé le chanfrein, j'y ai même embrassé, c'était doux. Et comme il n'a rien fait, en m'aidant de briques je lui ai monté sur le dos. Il n'a pas réagi. Alors accroché à son cou, je lui ai dit à l'oreille : emmène-moi loin d'ici. C'est là qu'il a henni, un hennissement qui m'a projeté en arrière. Mais c'était pas pour me faire mal qu'il a fait ça, Dany, c'est parce qu'il ne pouvait pas, qu'il était prisonnier lui aussi.

J'avais laissé parler Christian. À quoi m'aurait servi de l'interrompre pour lui dire que nous n'avions jamais été en nourrice ensemble, qu'il me confondait avec Bernard. À quoi bon défaire ce souvenir dont il me faisait à la fois le témoin et l'héritière. C'est après l'évocation du cheval pommelé que, pour la première fois, il m'avait parlé de sa souffrance. Avant il l'avait tue ou, s'il la disait, c'était du bout des lèvres. À mi-voix, toujours à mi-voix, comme s'il n'avait pas droit. Cependant ce jour-là, c'était sorti. Oh ! pas comme un vomissement, ni un cri, ce n'était pas le genre de Christian, mais plutôt comme une stridence venue du plus profond de son être. Et ça faisait mal aux oreilles.

– Je suis au bout du rouleau Dany, compresseur, tu connais. Écrabouillé, le squelette en bouillie. Je ne quitte plus le lit, même pas pour pisser. Mais ça, tu le gardes pour toi. Pour chier, comme je suis au rez-de-chaussée, si j'en avais encore la souplesse, je ferais ça par la fenêtre. Mais j'ai si mal au dos, sœurette, que même sur le ventre je ne dors plus. Si bien que, ne le répète pas, je me chie dessus. Même ma chatte me dédaigne, imagine. Les bêtes sont moins hypocrites que les hommes. Elle a senti qu'ici bientôt y aurait un nouveau locataire. Alors elle s'est barrée. En plus, pour lui donner raison, la directrice du foyer que j'ai pas vue en douze ans a frappé à ma porte hier, histoire de prendre de mes nouvelles. Et mon œil ! Le sien par contre elle l'a baladé. Les places sont chères ici. Mais je t'appelais pas pour ça, ma petite Dany, je t'appelais pour te dire que demain je rentre à l'hosto. Je t'appellerai de là-bas pour te donner mon numéro de téléphone.

Je l'avais réconforté comme j'avais pu, démunie que

j'étais face à un tel déferlement de détresse. Il y avait près de trois ans qu'on ne s'était pas vus. Notre dernier déjeuner, nous l'avions pris à la terrasse d'une brasserie face à la gare de Lyon, notre point de ralliement quand je passais à Paris, depuis que Christian vivait en foyer à Évry. Évry, gare de Lyon, c'était direct. Y avait juste à monter et à descendre du train, ce qui lui demandait déjà un bel effort. Quinze ans plus tôt un accident de moto avait fait de lui un boiteux. Au début ça allait encore, mais avec le temps... Maintenant il marchait avec une canne. Et puis il aurait fallu qu'il se fasse enlever son appareillage. Il en avait des hanches aux chevilles, de la ferraille. D'ailleurs il s'était lui-même baptisé Robocop.

Peu de temps avant notre dernière rencontre, et parce qu'il souffrait d'une hanche, il en avait parlé avec son médecin. Ce dernier lui avait alors déconseillé toute ablation, prétextant qu'il avait perdu trop de poids ces derniers temps. Il fallait d'abord qu'il se retape et après on verrait. On ne verrait rien, le toubib le savait. Savait que si on enlevait la moindre vis, l'os suivrait.

C'est vrai que Christian avait méchamment décollé. Il m'avait prévenue au téléphone :

– T'affole pas quand tu me verras, Dany, j'ai plus la carrure de Schwarzenegger, ni le sourire. On m'a enlevé tous les crochets par mesure préventive, des fois que je me mette à mordre.

La mâchoire était donc atteinte, et quoi d'autre ?

On ne s'était pas étreints, on ne s'étreignait pas, on s'était embrassés et puis j'avais passé mon bras droit sous le gauche de Christian. Je préférais ce profil-là.

Clopin-clopant nous nous étions frayé un chemin dans la foule, avions pareillement traversé le boulevard Diderot, et ainsi jusqu'à la terrasse de la brasserie dont j'ai oublié le nom. Sans importance, à peu de chose près, elles se ressemblent toutes. Il restait une table de libre dans un coin. Ce qui nous convenait bien. On y a pris place. Nous attirions les regards, Christian et moi, et avec eux les questions : qui étais-je pour lui, son ex, quelqu'un de la famille, une sœur, une amie? Qu'est-ce que je faisais avec ce déjeté?

Le regard gêné, ou apitoyé, voire méprisant que posent les gens sur leur semblable qui a chu, ne m'impressionnait pas le moins du monde. Selon les cas, soit je l'ignorais, soit je le soutenais avec arrogance. Il m'en fallait pour défendre mon frère qui, dans les lieux publics et les restaurants notamment, faisait preuve d'une affabilité exagérée, sans jamais pour autant se départir de son humour. Ainsi, toujours avant de passer la commande nous trinquions aux cons. Aux compères que nous étions. À ceux dont la voix nous portait : Tachant, Fanon, Ferré, Brassens, Brel et les autres. À tous ceux de la veine turbulente!

Le menu tremblait entre les mains de Christian, qui ne se décidait pas à choisir. J'ai proposé un steak tartare avec purée. Vu qu'il était dedans, ça ne le changerait pas. Il s'est marré, les lèvres pincées, et la main devant, on ne sait jamais. Nos voisins de table, ceux de gauche comme de droite, n'en perdaient pas une. Si on peut aller au théâtre à l'œil...

Christian marmonnait derrière sa serviette, des souvenirs, dont je ne me souvenais pas forcément, s'échappaient du tissu blanc, pareils aux colombes du mouchoir du prestidigitateur, sauf que là c'était plutôt des corbaques, bien noirs, criards et menaçants.

–Tu te souviens, Dany, des dimanches où tu venais me voir à Ville-Évrard? De ce jour de fête où une petite malade s'est jetée sur toi, t'a fait tomber dans la boue. T'étais pas jouasse vu que tu portais une robe prêtée par une copine, une robe en vichy rose et blanc. Tu t'es pas fâchée pour autant hein. Tu t'es juste secouée. Tu vois, un peu comme un chien quand il sort de l'eau. Et puis tu te rappelles de ce barge qui t'emboîtait le pas dès l'entrée et te suivait sur la grande allée avec sa baguette de sourcier, en répétant : Brigitte Bardot, Brigitte Bardot. Tu n'as pas, je suppose, oublié les cordes qui pendaient aux arbres, ni les cris qui sortaient des pavillons des adultes. Je les entends encore aujourd'hui. Et crois-tu que j'ai oublié les visages derrière les barreaux ? Les blouses grises qui nous faisaient tous ressembler à des ombres. Mais qu'est-ce qu'on était d'autre au fond, tu peux me le dire ? C'est sûr que je me barre en couille, Dany, mais là-haut tout est en ordre, je tiens encore mes archives à jour.

Les miennes l'étaient aussi, assez toujours pour revoir les enfants en blouses grises, leurs cheveux coupés en brosse, leurs yeux qui fixaient l'allée qui menait au grand portail, des fois que quelqu'un d'attendu s'avance. Mains dans les poches ils semblaient faire rempart au vide qui était le leur. À ma première visite, j'étais sortie de ces lieux accablée, révoltée. Au point d'affronter les parents. En rentrant j'avais crié :

– Il faut sortir Christian de là-dedans !

Leur réponse avait été : Prends-le. J'avais seize ans.

Les dimanches se sont succédé, n'en a pas fallu beaucoup pour que je comprenne qu'après tout l'asile n'était qu'une extension de l'escalier F. Si on avait joué au jeu des sept familles, dans celle des fondus, des barges complets, des flingués du ciboulot, j'aurais commencé par demander le père, la mère, et puis qu'importe l'ordre, puisqu'à tous les coups j'aurais gagné. À chacune de nos rencontres, nous revenions à l'enfance, qui érodait nos cœurs. La plupart de nos conversations tournaient autour d'elle. Il arrivait que Christian pose ses mains sur la table de chaque côté de son assiette. J'y appuyais les miennes pour calmer ses tremblements.

Quand nos voisins de table avaient la trompette penchée sur le café liégeois, la mousse au chocolat ou autre chose,

Christian, qui n'avait pour ainsi dire pas touché à son plat, disait invariablement :

– Plutôt qu'un dessert je reprendrais bien un peu de vin. Ça te dérange pas, ma petite Dany ?

Il n'avait pas fait exception à la règle ce jour-là. Et comme ça, on avait fini par semer notre public. Un bon moment on avait même été seuls à la terrasse. L'occasion pour Christian, qui avait lu *Vipère au poing*, de parler de Folcoche, c'est ainsi qu'il appelait Andrée, quand il ne disait pas maman. Folcoche, elle lui faisait la misère, la misère grave, et ça durait depuis cinquante-deux ans ! Elle l'avait dans le nez, comme on a un verre. Et quand elle en avait un, elle décrochait son téléphone. Plutôt elle dégainait, et c'étaient des rafales d'insultes avec, avant de rengainer l'injonction, d'aller se faire enculer ! À se demander si elle ne l'aurait pas préféré pédé, ainsi que ses autres fils d'ailleurs, tant elle exécrait ses belles-filles. Toutes des connasses, des bonnes à rien ! Des Marie-couche-toi-là ! Des salopes ! Aucune n'avait trouvé grâce à ses yeux. Aux femmes, de loin, elle préférait les hommes. C'était une avaleuse de glands, une tueuse d'enfants. Mais c'était notre mère, et comme elle le disait si bien :

– Une mère, on n'en a qu'une, il faut la respecter.

Nous nous pliions à la règle.

Le soleil allumait le visage amaigri de Christian, qui s'était laissé pousser la moustache et la barbiche à la Johnny. Ça lui allait bien, et surtout ça comblait ses creux. Il clignait des yeux, mais ce n'était pas à cause de la luminosité dont bénéficiait la terrasse à l'instant. Ce clignement des paupières, il l'avait sur toutes les photos. C'était pour se donner un air. Un air de mais regardez-moi donc. Un air de mais comment faut-il vous le dire ? Un air de magnez-vous, parce que moi, je suis à bout ! Et bientôt cet air-là, je vais plus pouvoir vous le jouer. Un air de blues, en *ré* mineur.

On s'était levés de table à quatre heures et quelque chose. Dans la gare, comme toujours, c'était la cohue. Je me tenais près de mon frère, peur qu'on le bouscule, et à la fois envie de lui fausser compagnie, il m'oppressait, me foutait le cafard. Un escalier se trouvait sur notre route, j'ai commencé à le dévaler. Et c'est alors qu'il a crié :

– Où tu cours comme ça, y a pas le feu ! Où y courent tous, mais regardez-les ! On dirait qu'ils ont la rousse aux trousses, à moins que ce ne soit qu'une envie de chier. La cliche, voilà ce qu'ils ont ! La cliche ! Y se chient dessus pour un oui pour un non. Qu'un de leurs supérieurs hausse le ton et voilà que leurs sphintlers se relâchent. Sphincters Cricri. Sphiners ou comme tu dis, ça change quoi ? Ils perdent leurs légumes et c'est tout. Mais non, ne m'attends pas, Dany, va ta vie. Embrasse pour moi ton fils et ton mari et quand tu repasseras sur Paris, n'oublie pas de m'appeler.

J'ai oublié pendant trois ans. C'est vrai que je vivais loin, et que quand je passais à Paris, la plupart du temps, c'était en coup de vent. Mais là n'était pas la seule raison. Si j'avais fait faux bond à Christian ces trois dernières années, c'est parce qu'à part ressasser notre enfance et notre jeunesse calamiteuses, nous n'avions pas grand-chose à nous dire. À un moment donné, nos chemins avaient radicalement divergé. Je ne le voyais plus, dirais-je, que pour me donner bonne conscience. Un frère dans la misère, ça ne se laisse pas tomber. Pas tout à fait du moins. Aussi envoyais-je ponctuellement à Christian des cartes postales des pays où Val et moi étions appelés à séjourner pour des raisons professionnelles. Économiste de métier, Val était conseiller auprès des instances internationales du développement. Du pays on en avait vu et du pauvre surtout. Mais cela ne transparaît pas sur l'image. Au contraire, sur papier glacé la pénurie fait place à l'abondance. Les pays du tiers-monde générateurs de rêve? Toujours est-il que les murs de la chambre 104 d'un certain foyer A.D.E.F en étaient tapissés. Christian avait échoué là une dizaine d'années plus tôt, après que Val et moi avions été contraints de vendre l'appartement que ma mère occupait rue Daguerre. Un appartement que nous avions acheté pour elle, dans sa rue d'élection pour qu'elle y coule une vieillesse, sinon heureuse, du moins paisible. Encore un de mes rêves à la mords-moi-le-nœud! Mais Val ne les contrariait pas, au contraire il m'aidait à les réaliser. Faute d'y mourir, Andrée aurait passé quelques années pénardes dans ces quarante mètres carrés, trois pièces en enfilade, toutes fenêtres orientées au sud et donnant sur une cour pavée, que fleurissait généreusement en toutes saisons Adoration, la concierge portugaise. Oui, ça aurait pu le faire. Et ainsi, plus tard, Val et moi aurions eu un petit pied-à-terre à Paris. Pour ça il n'aurait pas fallu qu'un jour, à bout de souffle, Christian ne vienne frapper à la porte de sa mère. Comme elle ne pouvait pas le laisser sur le palier, même si c'était une gueule d'empeigne, un têtu, un raté, qui en plus l'avait laissée sans nouvelles pendant des années, elle ne pouvait pas le laisser là avec son barda. Il était son fils malgré tout. Elle l'avait invité à entrer et l'enfer avait commencé. Recommencé serait plus juste, puisqu'entre eux il avait toujours été là. Un enfer ordinaire entre un fils et une mère, l'un assoiffé d'amour, l'autre incapable d'en donner. On met du jaja là-dessus et ça flambe! La sirène des flics, via le téléphone, je l'entendais jusqu'à Stockholm où Val, notre fils Emil et moi vivions alors. Et les notes au fait, les notes des nouvelles réjouissantes, qui c'est qui les payait?

Prendre la décision de vendre n'a pas été facile. Mais c'était ça ou le drame, parce que le sang, il ne coulait pas seulement derrière la porte. Il lui arrivait aussi certains soirs de dégouliner dans l'escalier. Au couteau qu'elle y allait, la mère. Alors forcément, Christian se défendait. Il tentait de la désarmer, action qui comporte des risques, surtout sous l'emprise de l'alcool. Je le voyais appuyé sur sa canne, se tenant le plus droit possible après nos déjeuners. Esquinté, malade, un coup dans le porte-pipe et cependant d'aplomb.

Parti Cricri. La Crisouille qui crisse, comme je l'appelais à une époque. Laquelle je ne sais plus. Mais c'est vrai qu'il crissait.

J'avais décidé de le faire venir cet été. Il m'a coiffée sur le poteau. Une drôle de coiffure que le vent qui souffle échevelle.

La date des funérailles était fixée au 18 mai. Lucette s'était occupée de tout. C'est elle qui avait contacté les pompes funèbres à qui elle avait signé un chèque sans provision pour que son Nonoche, comme elle appelait Christian, ait un enterrement décent. Le moins cher ajoutait-elle entre deux raclements de gorge, je n'ai voulu mettre personne dans l'embarras. Elle avait ravalé tant de chagrin, Lulu, que ses larmes semblaient venir de là, du fond de son larynx. La mort de Christian l'avait mise à genoux. C'est vrai que si elle s'était beaucoup occupée de nous, lui, elle l'avait quasiment élevé.

Bernard, pour qui à la peine s'ajoutaient sévèrement les frais, avait proposé que nous partions le 17 pour rentrer le 19.

À midi pile, il a appuyé sur le champignon. Et roule. Je me sentais tranquille à côté de lui. Il conduisait bien, ne prenait aucun risque. Et si de temps en temps il avait des paroles aimables à l'encontre d'autres automobilistes, il ne joignait jamais le geste à la parole. Tout ça restait dans l'habitacle. De quoi faire un dictionnaire des noms d'oiseaux !

Le Phare, comme je l'avais longtemps appelé, n'éclairait plus beaucoup en ce moment. Sa lumière avait faibli et lui avec. Dans le costume qui lui servait aussi bien pour les mariages et les baptêmes que les enterrements, il nageait.

Un peu comme dans la vie ces derniers temps, depuis qu'il avait décidé de quitter la rue Sainte-Marie et avec elle Titine, la femme avec qui il était marié depuis trente ans et dont il avait eu deux filles. Ça avait chié rue Sainte-Marie, pas de cris, pas de coups, pour autant Bernard avait simplement prononcé le mot divorce et à ce mot Titine était tombée à la renverse. Ça avait fait un tel vacarme que les pigeons qui squattaient la corniche du collège d'en face s'en étaient envolés. Bernard n'avait pas été mécontent. Les pigeons, ils salopaient tout. Il les aurait volontiers allumés, seulement y avait les voisins avec leurs grandes gueules et leurs petites têtes. Dangereux les voisins, méchants, rapporteurs, écolos certains : touche pas à mon pigeon ! Bernard en avait quand même tiré quelques-uns à la chevrotine. Titine les avait plumés et vidés avec une certaine répugnance. Cela fait, ça va à la cocotte, on vide une boîte de petits pois là-dessus et c'est bon. Faire la fine bouche, rue Sainte-Marie, on ne connaît pas.

Bref, Bernard avait quitté Martine pour s'installer avec Risomette dans un bled voisin. Risomette, la quarantaine, divorcée, mère de cinq enfants, qui en voulait sûrement plus à sa paye d'employé communal qu'à ses beaux yeux, d'un bleu intense. C'était le seul d'entre nous à avoir les yeux bleus. Il était le résultat du coup d'un soir. Andrée me l'avait confessé dans un moment de relâchement. Elle n'aurait jamais revu le type, un beau mâle, rencontré au bal. Bernard ignorait tout de ça. Il avait pris Lucien comme il venait. Et Lucien qui sortait de purger une peine de dix mois de prison, l'avait pris de la même façon. Après tout, on a vu d'autres miracles ! Des femmes qui portent dix mois ça existe.

Je me tâtais. Lâcher le morceau ou la fermer ? C'était délicat. Quelle incidence, cette révélation, aurait-elle eue sur mon frère ? Peut-être y aurait-il vu plus clair. Il clignait toujours des yeux ces derniers temps. Je lui disais :

– Va voir l'ophtalmo !

– Pour quoi faire, me répondait-il, lui filer mon pognon ? Avec l'âge on s'use, la sœu-sœur, on s'use. Tout finit par pencher, les seins, les couilles et les paupières. Tout. On baisse. Et quand on part pas les pieds devant, c'est les mains. On part à tâtons. L'ombre est au bout de nos doigts, tu vois. Il faut s'y habituer.

Il m'en sortait des comme ça, Bernard, oublieux qu'il était que je venais de me cogner dedans. Il ne voulait pas voir la bosse au front. Mieux valait mettre Nostalgie et ça tombait bien, Eddie chantait *Sur la route de Memphis.*

Nous avions atteint notre premier péage. Il était convenu que c'est moi qui les paierais. Bernard s'occupait du gazole. Sa caisse, vieille de quinze ans, traçait sur l'autoroute. Chaque fois que la voiture qu'il aurait aimé avoir nous dépassait, il me poussait du coude. Puis il regardait ce rêve-là s'éloigner comme il l'avait fait de tant d'autres. Comme il le ferait, je le craignais, bientôt de Risomette, laquelle après lui avoir raclé le fond des vagues, le doublerait kif, kif sa bagnole préférée. Elle avait été violée à neuf ans Risomette. Par trois mecs, trois braves ! Faut être costaud pour prêter son épaule à une femme qui a vécu ça. Bernard ne l'était qu'en apparence, derrière il y avait le petit garçon amnésique, qui avait tout oublié de son enfance, à part quelques souvenirs chez la nourrice où il avait été placé avec Christian. L'enfance à peine envolée, dès l'âge de quatorze ans ça avait été l'usine. Et trime ! Et plus vite que ça ! Et l'ouvre pas, parce que si tu l'ouvres, c'est la lourde ! Message reçu. Ça faisait quarante ans qu'en bon ouvrier Bernard avait retroussé ses manches. Quand je regardais ses mains sur le volant, ses mains qu'il avait soignées le mieux possible en vue de l'événement, j'avais envie de crier basta ! Doucement les basses. On s'entend plus dans ce chahut.

On ne disait pas un mot. On écoutait juste la radio. De temps en temps Bernard baissait un peu la vitre pour fumer. Qu'allions-nous faire de nos souvenirs ? Et les souvenirs, à quoi ça sert ? Les yeux posés sur les mains de mon frère, je laissais vagabonder mes pensées. Quel désordre ! Y en avait partout. On se serait cru dans notre chambre d'enfants. J'ai demandé à Bernard s'il se rappelait de cette chambre. Il a répondu que non.

J'ai posé ma main gauche sur sa droite. Au même instant son portable a sonné. La voix de Risomette l'a déridé :

– Allô, mon petit cœur…

J'ai pensé qu'il ferait mieux de dire : Mon petit con, mon cunnus, mon cul nu, ma chatte gasconne. Mais non, faut que ça passe par le cœur. Le cœur, c'est la clef de voûte de l'amour ou du moins de ce qu'on appelle ainsi. Christian, avait-il aimé Aïcha R., cette femme dont il était divorcé et dont l'existence nous avait été révélée par le biais de l'acte de décès ? Est-ce elle qui lui avait filé le sida en prime, pour une poignée d'euros, contre un passage à la mairie ? Ou une autre de ces clandestines qui baisent des mois, quand ce n'est pas des années, avec quelqu'un qui les répulse pour rester sur le sol français ? Aïcha R. Avant elle, il avait été question d'une Polonaise. À l'époque Christian logeait encore rue Daguerre, chez Andrée. Le réseau polonais l'avait chopé à *La Bélière*, un rade en face de l'immeuble. Le marché ne s'était pas conclu pour des raisons que j'ignore et que je n'ai pas cherché à connaître. Tout ce que je sais, c'est que la prétendue en question valait autour de 1 200 euros. Je sais aussi que le foyer laissait entrer des clandestines, des femmes au chômage, des prostituées, qu'il n'y avait pas d'heure pour ça. C'était un va-et-vient constant. Le foyer fermait les yeux. Il fallait bien que ses pensionnaires, des hommes, déchargent régulièrement pour qu'existe un semblant de calme. C'est ainsi, je présume, qu'Aïcha R., était apparue dans la vie de Christian. Et que par conséquent un temps, puisqu'elle avait porté son nom, Aïcha R. avait fait partie de la famille. Y avait-il un petit beur dans celle-ci? Du sang auvergnat et charentais coulait-il dans les veines de ce dernier? Serais-je tante de ce qu'on appelle aujourd'hui un jeune des quartiers, ou une racaille? Cela restera un mystère. Ce qu'il y a de sûr, c'est que je suis tata d'un petit café-au-lait, puisque Patrick a eu la bonne idée de faire un enfant à l'une des aides-ménagères d'Andrée. Et pas n'importe laquelle, celle qu'elle détestait le plus! Cela s'appelle l'entraide. Et pour le reste, j'aime que les sangs se mêlent. Ça fait de beaux rouges.

Bernard n'en finissait pas de parler avec celle qu'il appelait «mon petit cœur». Je pensais à la vigilance du conducteur. Aux kilomètres qu'il nous restait à parcourir.

Partis à midi de Vidou, Bernard avait assuré que, sans foncer, on serait à Paris à sept heures. Malgré les appels répétés du petit cœur on y était. À 19h40, on arrivait chez les Boubous. Lui, c'était l'ami d'enfance de Bernard, le copain comme on n'en a qu'un. Le touche-pas-à-mon-pote, même de loin. Elle, c'était sa femme, qui avait bien dû faire avec le copain. Pendant que le temps, lui, s'était chargé de faire d'eux des inséparables. Lui et moi on se connaissait depuis l'enfance. On habitait le même HBM. On était des gosses de Malakoff, des Malakoffios et Fiottes. Tous les trois jadis membres des Jeunesses communistes. Aujourd'hui, faute d'idéaux, on votait socialo, écolo. Chanchan, native d'Aubervilliers, votait encore coco. On s'accroche à ce qu'on peut! Mimiche, à l'origine relieur, était devenu cadre dans une entreprise de nettoyage, pendant que Chanchan, dans une autre, était l'unique comptable. Tout ça, plus l'acharnement de monter dans la hiérarchie sociale qui va avec, ça donne un pavillon de banlieue à Bagneux. Bernard a garé sa voiture, jadis celle du père de Chanchan, devant le 14 de la rue des Meuniers, et de l'index il a pressé un bouton, et le portail a répondu présent. Dans la cour, l'un près de l'autre, les Boubous se tenaient droits. Les branches des rosiers ployaient sous les fleurs. Des nains de jardin étaient pareils qu'ailleurs, sauf qu'il en manquait un. Je n'ai pas cherché à savoir lequel. Le barbecue dégageait une légère fumée. Une invitation à manger. Sous le tilleul, la table était dressée. Mimiche, qui ressemblait toujours à Astérix, m'a pris dans ses bras et comme ça faisait un bail et que les circonstances s'y prêtaient, les retrouvailles ont libéré quelques larmes.

Le lendemain à 11 h 10 Bernard et moi étions gare de Lyon, à l'arrivée du train en provenance de Marseille. En tête de quai on attendait Sophie, la fille de Christian que nous avions quittée enfant. Après il y avait eu quelques photos. La seule qui me restait dans la tête était celle qu'Andrée avait punaisée au mur de son studio. Dessus, Sophie devait avoir quinze ans. Je savais par Christian, qui l'avait de temps en temps au bout du fil, qu'elle avait eu un fils, Rocco, avec un Italien qui lui tapait dessus, qu'elle travaillait dans un supermarché. C'est tout et ça en disait déjà long. Une femme battue, si on regarde bien, ça se voit de loin. Je scrutais la foule que le train déversait. Allais-je reconnaître l'adolescente de la photo ? C'est Bernard qui l'a vue le premier. C'est fou ce qu'elle ressemblait à son père, même allure d'échassier, mêmes yeux verts, même nez épaté, et, comme lui, elle fumait. C'était Christian en femme. Après l'avoir embrassée, j'ai pris la tête du cortège et l'ai gardée jusqu'au parking, le temps de refouler les larmes que la ressemblance m'avait tirées.

On n'avait pas de temps à perdre, la levée du corps avait

lieu à treize heures à Évry et nous devions d'abord passer par Ormesson pour suivre Michel, le compagnon de Lulu, qui irait récupérer Patrick à Savigny-sur-Orge. Patou, ça faisait un bout de temps aussi que je ne l'avais pas vu. Comment allais-je le retrouver, lui que j'appelais Bec de poisson quand il était petit ? Ses lèvres étaient si bien ourlées, si charnues, qu'elles m'évoquaient celles de certains poissons de dessins animés.

Deux semaines plus tôt Andrée m'avait annoncé par téléphone qu'il avait un nodule au poumon droit. Nodule cancéreux, cancer du fumeur ? Comme Christian il vivait accroché à sa cigarette. Comme lui, il était père d'une fille, Laura. Il l'avait eue avec Nicole, une femme qui avait déjà cinq enfants et, à la différence de Risomette, tous de pères différents, et de nationalités différentes. Si elle était inconstante, il faut dire au crédit de cette femme qu'elle n'était pas raciste. Patrick était le seul Français de souche de la bande. Patrick, le dernier, l'adoré, qui tant par sa mère que par ses sœurs a été utilisé comme un baigneur. Un poupon, contre lequel plusieurs nuits de suite on dort et que sans prévenir on jette au bas du lit, quand on ne lui crève pas les yeux, le ventre, qu'on ne le démembre pas. Andrée, Lucette et moi, nous avons eu nos torts, c'est indéniable. Mais lui, Lucien, le père, quel rôle a-t-il joué dans le comportement déviant de son fils ? Patrick qui, devenu adulte, s'est mis à taper sur les femmes. J'ai mon idée là-dessus, une idée qui me hante. Convaincue que je suis qu'une fois moi partie, le vieux s'était rabattu sur lui. Il avait neuf ans à l'époque. Mais de cela il ne parlerait jamais. Quitte à se fabriquer un cancer. Le scanner le dirait. Scanner, cancer, à une consonne près les deux mots se contenaient. Je les scandais machinalement tandis que nous roulions. De temps à autre je jetais un coup d'œil à Sophie dans le rétro. Elle avait rechaussé les lunettes noires qu'elle portait à la descente du train. Le coude reposé sur la vitre aux trois quarts baissée, elle fumait. Comment nous regardait-elle ? Qui étions-nous pour elle ? Un oncle, une tante, assurément des vieux. Et puis qu'importe, l'événement faisait provisoirement de nous une famille normale. Par normale j'entends un groupe de personnes de la même filiation, qui se réunit ponctuellement à certaines occasions, les bonnes comme les mauvaises.

Le père serait exempté d'enterrement, attendu qu'il avait devancé son fils sous les fleurs. Autre absente, la mère. Trop fatiguée, trop mal aux jambes. C'est vrai que le remords, ça alourdit. Et puis son médecin lui avait fortement déconseillé d'y aller.

– Ça ne peut vous faire que du mal, lui aurait-il dit.

Et elle l'écoutait, son toubib, pour autant qu'elle comprenne ce qu'il disait puisque plutôt que parler le français, il le baragouinait. Le Chinois, elle l'appelait, alors qu'il était Viet. Un Viet de Saigon, qui avait pris la poudre d'escampette avant que la ville ne tombe. Ce qui aurait selon elle fait de lui un marteau ! Mais marteau ou pas il l'avait sauvée. Quand elle allait mourir d'une occlusion intestinale, il avait été le seul à se déplacer. Et alors qu'elle souffrait le martyre, il lui avait introduit la main dans le vagin et faisant pression sur ses intestins en avait libéré une boule grosse comme une mandarine. Elle s'était tout de suite sentie mieux. Y a pas beaucoup de médecins qui osent ça aujourd'hui. De ce geste elle lui était reconnaissante. Et puis de toute façon, mal aux jambes ou pas, avec son diabète qui la rongeait à petit feu, et qu'elle entretenait à coups de porto, même en fauteuil elle ne serait pas venue. Et d'ailleurs, qu'on la laisse tranquille ! Qu'on comprenne qu'elle avait quatre-vingt-six ans ! Et que des enterrements, elle en avait assez suivi comme ça ! À commencer par celui de son père. Elle avait quinze ans quand, seule derrière le corbillard tiré par un cheval, elle l'avait accompagné jusqu'à sa dernière demeure.

Elle l'aimait ce père que, quand il était saoul, sa mère assaisonnait à coups de manche à balai en criant :

– Tiens mon colon ! Tiens mon colon !

C'est là où le malheureux avait un cancer. Elle se rappelait de ses mains calleuses de tailleur de pierre sur ses joues. Et puis de cette nuit ou, pour qu'il déguerpisse plus vite, sa mère l'avait chassé à coups de fusil. Cette mère adorée que, seize ans plus tard, elle verrait partir dans d'atroces souffrances. Cette mère qui soi-disant l'aimait, sans pouvoir pour autant lui témoigner de sa tendresse. Et qui l'obligea à se marier à seize ans parce qu'elle était enceinte. Cette mère qui était en partie l'auteur de son malheur, elle lui baiserait les lèvres sur son lit de mort.

Sa mère à peine enterrée, était venu le tour de sa sœur chérie, sa Simone. De deux ans son aînée, elle était partie des suites d'un avortement (on disait fausse couche à l'époque) en laissant derrière elle sept enfants. À peu de temps de là, sa petite belle-sœur, une autre Simone, en avait fait autant, laissant elle aussi des enfants derrière elle : six. À elles deux, ça faisait treize, livrés aux mains de pères alcooliques. De là, l'adoption du cousin Michel. Aux obsèques de son frère elle avait assisté aussi, malgré le ressentiment qu'elle avait longtemps nourri envers lui, pour l'avoir vu, quand il était ivre, tordre les poignets de leur mère jusqu'à la forcer à s'agenouiller. Christian lui avait fait pareil. Christian ressemblait à Gustave. C'étaient les mêmes !

Qu'on lui foute la paix, qu'on la laisse tranquille, et surtout qu'on n'aille pas juger ! N'était-ce pas suffisant de perdre un enfant ?

Ed, mon grand frère, n'assistait pas non plus à la cérémonie. Il le regrettait vivement, mais l'état de santé de Josépha, atteinte d'une sclérose en plaques, exigeait sa présence au domicile. Edmond, Ed comme on l'appelait, plombier de son métier, était aujourd'hui à la retraite. Il y avait bien vingt ans que je ne l'avais pas vu. Je gardais de lui le souvenir d'un homme doux, un peu hâbleur et qui aimait bien rire. Et puis aussi celui d'un couard qui, quand du bout des lèvres j'avais révélé les agissements de mon père, n'avait rien trouvé de mieux à faire que de plier bagage. À moins qu'il ne se soit agi que d'une coïncidence... Quoi qu'il en soit, je m'étais sentie abandonnée. Larguée par cet aîné qui, quand je lui passais de la pommade dans le dos, sous prétexte qu'il avait mal, me demandait si ce bruit ne me rappelait pas quelque chose. Bien sûr, les clapotements de mes mains enduites de cette matière molle et grasse sur sa peau me rappelaient quelque chose. Et ce quelque chose l'excitait. Lui fournissait des images sur lesquelles, plus tard, il pourrait se masturber. S'il n'avait déjà éjaculé.

Ainsi vagabondait ma pensée, qui revisitait les oubliettes du passé. Les morts ont le pouvoir de mettre les choses en lumière.

Arrivé à Ormesson, j'ai guidé Bernard jusqu'à l'avenue Jean-Jaurès. Et encore une fois mon sens légendaire de l'orientation a opéré. Enfin on a fini par y arriver. Michel et Lulu nous attendaient devant le 73, lui appuyé contre sa bagnole rouge passé, elle comme accrochée au petit portail rouillé qui faisait tache face à ceux des autres pavillons. Mais tout tranchait au 73, à commencer par Michel et Lulu qui, à part être humains, n'avaient rien en commun avec leurs voisins. La bicoque au fond du jardin, au trois quarts masquée par l'exubérance de la végétation, Michel, fils unique, en avait hérité de ses parents. Et c'est là qu'un matin de printemps il avait retrouvé sa mère morte, la tête dans le seau ou peu s'en faut. Affolé, il avait alors traversé la rue pour chercher du secours auprès de son père, qui tenait une cordonnerie de l'autre côté. À l'annonce de la nouvelle ce dernier lui avait balancé l'alêne qu'il tenait. Michel l'avait reçue en plein front. De ce souvenir d'enfant lui restait un creux entre les deux yeux qu'en enfonçant le doigt dedans il appelait : Éternité. Et de citer Rimbaud qu'il avait rencontré en taule.

Jadis marié, de son union était née une fille, dont il avait oublié le prénom. Zoé, peut-être, à moins que ce ne fût Léa. Michel ne se rappelait pas. Tout ce qu'il savait, c'est que sa femme s'était tirée en Éthiopie avec un mec qui travaillait là-bas. Un électricien, ou un ingénieur agronome.

– Et puis qu'est-ce que ça peut bien foutre, Zoé, Léa, tu peux me dire, Dany? Allez, on crie, Dany, on fait le cri du loup. Hou! Hou! On va réveiller les morts vivants! Eh ben crie avec nous, Lulu. De quoi t'as peur là? T'as peur de réveiller les morts? Ou que j'te préfère à ta sœur?

– Elle voudrait pas de toi!

– Qu'est-ce t'en sais?

– J'en sais que t'es un trop con!

– Tu répètes ça et je te dévisse la tête!

– Eh ben vas-y, dévisse, gros con!

Et ça partait, mais jamais devant moi, je ne l'aurais pas toléré et Michel le savait. J'ai serré ma sœur dans mes bras, elle était brisée.

La sagesse eût voulu que je reste à la place du mort, près de Bernard dont je savais la conduite sûre, pourtant je suis montée à l'arrière de la voiture de Michel, qui n'avait plus qu'un poumon et perdait la tête en chemin. Et qui fumait, je ne vous dis pas! Un vrai bonheur pour la SEITA! Tout comme Lulu, en dépit d'un ancien cancer de la langue. Lulu, qui depuis quelque temps le soir avant de s'endormir, comptait ses gammas comme d'autres comptent des moutons. Ne comptait même plus, s'en foutait. Du moins le disait. Par les vitres baissées, le soleil et l'air frais entraient à profusion. C'était une belle journée de printemps.

À Savigny-sur-Orge, on a retrouvé Patrick au *Balto*. Cancan ou pas, il avait maigri. Ne remplissait plus ses jeans, et avec ses traits ses épaules s'étaient affaissées. En revanche, il avait retrouvé son bec de poisson, grâce au râtelier qui remplaçait ses dents de devant, perdues dans une bagarre quelconque. Il s'en serait fallu de peu pour que le sourire suive. Plus tard peut-être, quand le cœur que Fatima venait de lui dévaster se serait retapé. Quand il aurait fini de pleurer son frère. La vie passée. Que, plus jeune, malgré ses avaros, il avait trouvé belle.

Dans le smog on s'est trouvé une table juste à côté du flipper. Et comme les émotions, ça creuse, on a commandé des casse-dalle, avec un petit coup pour la route. Des gens qu'on ne connaissait ni d'Ève ni d'Adam, venaient nous serrer la pince, nous souhaiter bon courage. De courage on ne manquait pas. C'est vrai qu'on n'était pas manchot chez nous. Plutôt le contraire. Tiens, y avait qu'à regarder Lulu qui, à soixante-six ans, se tapait encore des ménages. Non, si ça grippait à la tablée, c'était plutôt côté monnaie. Depuis que la maladie lui était tombée dessus, Michel avait lâché le pinceau et prise avec. Normal, car comment encore monter à l'échelle quand on est plus que l'ombre de soi-même, et une ombre qui penche le plus beau ! Faut dire qu'un poumon en moins, ça vous déséquilibre un homme. Et s'il n'y avait que ça encore. Mais non, avant les éponges, c'est la mâchoire qui avait trinqué. Comme à Christian, il avait fallu lui arracher toutes les dents. Et cela fait, on s'était attaqué à la viande. Ainsi, au sortir d'une opération, il s'était réveillé avec la gueule de travers, le beau-frère. Alors on lui avait greffé du pectoral dans la cavité. Pour que ça penche moins.

De façon à ce que l'épaule et la tête ne se rejoignent pas tout de suite. C'est vrai que ça donne un air pensif et que si on se met à gamberger…

Michel ne faisait que ça. Pensait à Léa, ou Zoé, à la femme qui l'avait quitté pour monter sur les hauts plateaux. À sa mère morte la tête dans le seau, à son vieux. Ce vieil enculé, qui atteint de la maladie d'Alzheimer l'avait jusqu'au bout poursuivi de son alêne. À ce mec qu'il avait scionné un soir dans une fête foraine, entre le train fantôme et le grand huit. Comme ça, parce qu'il l'avait bousculé, parce qu'il avait une tête qui ne lui revenait pas. Comme ça. Il se rappelait du jet de sang chaud sur sa main, du regard du mec avant qu'il ne s'écroule. Un regard doux, indulgent, un regard qui part. Michel ne s'était pas retourné. Il s'était fondu dans la foule après avoir enlevé son masque de loup. Un drôle de gars, le beauf, dont le seul regret était de ne pouvoir sentir l'odeur de sa merde. Il souffrait d'anosmie profonde, comme il se plaisait à le dire. Ce qui laissait toute aise à Lulu de loufer en paix. Loufe, ma Lulu, loufe, dégonfle-toi, et qui sait, en poussant un peu, costaude comme t'es, tu pourrais même nous chier tes gammas, une petite centaine au moins, ça te soulagerait toujours le foie. Je la regardais, la grande, avec toute la tendresse que je n'avais pas toujours su lui témoigner. Entre ses paupières, que les larmes avaient boursouflées, filtrait un regard triste, vacillant. Avec le temps, le noisette de ses yeux s'était délavé, il avait pris la teinte de ses cheveux cuivrés. Faux cuivre qui masquait une longue toison blanche, que retenait un serre-tête noir. Michel ne voulait pas qu'elle se coupe les cheveux. Il voulait s'agripper à eux au moment du grand saut. Lulu redoutait de partir avant lui.

– Qu'est-ce qu'y deviendrait sans moi, Dany, tu peux me le dire, toi ?

Vingt-sept ans qu'ils compagnonnaient ces deux-là, exactement comme Val et moi. On avait rencontré les hommes de nos vies la même année, en 1977. Lulu et Michel au *Boucanier* à Montparnasse, Val et moi sur une plage au Sri Lanka.

La même année, sur une autre plage en Bretagne, Lulu m'a demandé de lui palper le sein droit. J'ai toujours la boule sous les doigts. Sans être médecin, j'ai pensé cancer. Pour aussitôt enchaîner sur mort. Je partais au quart de tour, faut dire. Grâce à une amie, dont la fille de vingt ans avait été traitée par le professeur Léon Schwartzenberg pour un cancer de la lymphe, duquel hélas elle était décédée, j'obtins rapidement pour Lulu un rendez-vous avec ce dernier.

Dès le premier entretien, le professeur Schwartzenberg aurait dit à Lulu qu'il fallait lui enlever les deux seins. À quoi elle aurait répondu d'un revers de main qui aurait fait le vide sur le bureau du ponte. Je n'étais pas là pour voir, toujours est-il que vingt-sept ans plus tard, Lulu a toujours ses nibards. Cette avancée qui semble lui peser parfois. C'est vrai qu'à part celles d'hommes, occasionnellement de femmes, aucune autre bouche ne s'y est attachée.

L'enfant, perdu dans un hôpital de Düsseldorf, n'avait pas la force de téter. À quoi ça sert les seins ? Elle se les presse, elle ne sait pas. Ça sert à acheter des soutifs, à passer des mamos. Elle en a plein le cul, Lulu. Alors ça coule. De la main avec laquelle il frappait autrefois, Michel lui caresse la joue. Le pâté de campagne passe mal, il faut le pousser avec un coup de jaja. On trinque, mais ce n'est pas d'aujourd'hui. Il y a différentes façons de le faire.

Déménageur de métier, Patrick est au chômage. Et comme si ce n'était pas assez, depuis que Fatima l'a viré, il est aussi à la rue ! Pour le moment il squatte un pote à la retraite, Raymond, un ancien déménageur comme lui, mais combien de temps ça va durer ? Surtout que quand Raymond est bourré, et c'est tous les jours, il lui dit de se casser. Alors il va chez sa mère, où là il dort sur un lit de camp. Ce lit-là, c'est moi qui l'ai acheté avec l'idée d'y dormir quand je passerai par Paris. Je l'ai fait quelques fois, mais j'ai vite suffoqué. Faut dire aussi que la mère, elle pète comme elle respire, et comme son studio fait à peine quinze mètres carrés, je n'ai pas souvent déplié le plum. Il sert à Patrick aujourd'hui qui, du poignet à la saignée du bras, porte de larges traces d'entailles qu'avec son eczéma il caresse rêveusement. Je le sens mal barré. Mais ce n'est pas nouveau, c'est depuis qu'il est né. Andrée dit que c'est à cause des vaccins qu'on aurait jamais dû lui faire qu'il est comme ça, mal dans sa peau, suicidaire. Moi j'ai un autre avis, mais il ne lui plaît guère, pourtant un jour elle a admis l'avoir sorti du lit où le père l'avait emporté. Le lit conjugal, dans lequel depuis des lustres, hormis sous la contrainte, elle ne conjuguait plus rien. Parler de ça à Patrick, pas facile. Là, pour le coup, il fait la carpe avec son beau bec de poisson. Ça le démange à mort, y se gratte, mais se retient. On nous a appris à planquer. Et comme la leçon est bien rentrée, on planque, quitte à en crever.

Mes yeux vont de l'un à l'autre, errent autour. C'est Christian ou plus précisément son absence qui nous réunit dans ce tabac. Dans cette banlieue, où Lulu a justement tenu un bistrot qui s'appelait *Chez l'espérance*. Et qu'elle a dû fermer pour cause de cancer.

– Ton cancer, c'est la vacherie qui ressort !

Voilà ce que lui a balancé la mère. Lulu regardait en l'air. Avec l'air d'attendre qu'un *deus ex machina* descende du plafond. Michel lui caresse la main, la joue, en passant par le sein sans sembler s'en rendre compte. Ou bien… Font-ils encore l'amour ? C'est fort peu probable d'après ce que m'a raconté Lulu la dernière fois qu'on s'est vues. Le toubib de Michel lui aurait prescrit du Viagra.

– Quelle bonne idée, lui qui ne tient déjà plus debout. Il veut me le faire claquer ou quoi ? J'te dis pas comment j'ai été le trouver. Le Viagra, ça me concerne aussi, je lui ai dit ! Et je lui ai balancé sa camelote à travers la gueule et autant te dire que ma main aurait bien suivi.

Ils ne font plus l'amour, leurs corps ne se heurtent plus sous l'effet du désir, désormais ils s'épaulent. Je pense à Val et mon cœur s'emballe. À moins que ce ne soit tout simplement mon pacemaker qui prenne le relais de mon sinus défaillant. Je pourrais bien défaillir moi aussi, tant l'atmosphère du rade est oppressante. Sur chaque front on voit écrit : chômage. On efface ça au jaune. Ça profite à Pernod Ricard !

Patrick se défoule sur le flipper. Il fait des scores pas possibles. Ça n'arrête pas de claquer. Il va faire exploser la banque. Andrée est prévenue.

– Je vais m'en faire une, maman. Et après on part tous les deux. Je t'emmènerai sur la Côte d'Azur, à Sanary, puisque t'aimes ce coin. Ça te rappellera ta jeunesse.

– On dit qu'on s'y fait, dit Lulu, passant une serviette en papier sur ses lèvres, bien beau tout ça. Moi je m'y ferais pas.

– Les commissures, Lulu, dis-je, les commissures.

Elle a écarquillé les yeux. Je montre. Un dernier pour la route et on déhotte.

Je ne saurais pas retrouver le funérarium. Ce qu'il en reste, c'est un bâtiment bas. Une pièce nue avec quelques chaises. Les Boubous nous y ont devancés. Embrassades et étreintes, serrements de mains. On retient ses larmes du mieux qu'on peut. Lulu ne peut pas, elle en a trop. Ça déborde. Michel la console, du bout des doigts effleure sa joue et puis, ne sachant où la poser, il laisse pendre sa main. Patrick, qui naguère lui a défoncé la gueule alors que, en pleine dépression, il ne savait même plus où il habitait, prend cette main et la tient. Bernard entoure les épaules de Sophie qui a l'âge de sa fille aînée.

En retrait un couple observe la scène. Un bouquet d'ancolies pourpres barre la poitrine de la femme. C'est alors que je réalise qu'on n'a pas de fleurs. Merde, comment on a fait ? C'est peut-être que les fleurs et le feu, ça ne marche pas ensemble. Ça doit être ça. Tout de même j'en souffle deux mots à Lulu, qui m'assure qu'il y aura un bouquet sur le cercueil, que c'est compris dans le prix. Je respire. Qui sont ces gens bien mis (pas que nous le soyons pas nous-mêmes, nous le sommes, mais différemment), dont les traits apaisés expriment tant d'empathie ? Qu'est-ce donc qui les liait à Christian ? Étaient-ce des culs-bénits qui pour apaiser leur conscience faisaient l'aumône aux malheureux ? Ou tout simplement de braves gens à qui un coup du sort aurait ouvert les yeux sur la misère et la solitude d'autrui ? Et dans ce cas, lequel ? Ils sont restés en retrait longtemps, et puis on a fini par se serrer la main. C'est qu'il n'allait pas falloir tarder à y aller. C'est qu'ici plus encore qu'ailleurs le temps presse.

– Nous n'habitons pas loin du foyer, a dit la femme d'une voix ouatée, c'est comme ça que nous avons rencontré Christian.

L'homme a confirmé d'un signe de tête.

– Il photographiait les parterres, et les jardins des pavillons. C'était quelqu'un de très attachant, vraiment de très attachant, a poursuivi la femme. Quand il a été hospitalisé, mon mari et moi on s'est occupés de sa petite chatte. Mitsy, vous la connaissiez peut-être ?

Non, on ne connaissait pas Mitsy, sauf en photo, un peu comme Sophie.

– Quelle compagnie c'était pour lui… a conclu la femme en pinçant son petit nez dans un mouchoir à fleurs.

J'ai repensé à la joie qu'il avait éprouvée quand je lui avais offert un appareil photo et à toutes les photos de parterres qu'il m'avait envoyées au fil des années. À celles de lui, seul, toujours près d'un parterre de fleurs. Et puis aux billets de train qui les accompagnaient, où il était écrit au dos : Rendez-vous avec Dany à 12h30.

– Connaissez-vous Rachida ? a demandé Lucette.

– Non, a répondu la femme, la seule compagnie que nous lui connaissions était Mitsy.

Mitsy, une nouvelle fois ce nom m'a fait penser à une chanson. Mais qui la chantait ? Je cherchais… Et puis soudain j'ai eu envie de vomir. Chanchan m'a guidée vers les toilettes. Plus tôt, en arrivant ici, elle avait été prise de coliques. Faut dire que des enterrements, en un an et demi, elle s'en était tapé un paquet. Ça avait commencé par celui de sa belle-mère, puis avait suivi celui d'une cousine, qui pour qu'on ne l'oublie pas s'était défenestrée. Deux mois auparavant, c'est à celui de son père qu'elle assistait. Appuyée contre la porte pendant que je renvoyais le pâté de campagne, Chanchan se souvenait. Elle ne se serait jamais attendue à ce que sa cousine aille se balancer par la fenêtre. Quand on a deux gamins… et un mari !

Et si c'était à cause de ça qu'elle l'avait fait, je pensais en me passant le visage sous l'eau. Qu'est-ce qu'elle en savait de la vie de sa cousine, Chanchan ? Que sait-on de la vie des autres ? J'ai demandé si elle se souvenait de qui chantait *Mitsy*.

– Aucune idée, a-t-elle répondu, moi tu sais, les Américains…

Mitsy. Cet air me trottait dans la tête sans que je n'arrive à mettre un nom dessus. Mitsy était-ce déjà le bon titre ? Et tout ça à cause d'un nom de chatte ! On se branche comme ça sur un détail, ce qui évite passagèrement de penser au reste. Depuis que j'avais appris la mort de Christian, un souvenir m'obsédait particulièrement. Nous sommes sur le chemin de l'école, Bernard, Christian et moi. Bernard marche devant, pendant que Christian traîne la patte. Au bout de son bras malingre son cartable rase le sol. Il a sept ans, j'en ai quatorze. Il est exaspérant et moi je suis exaspérée. À cran depuis si longtemps que je le gifle violemment. Sous le choc il vacille et tombe, reste à mes pieds sans connaissance. La fontaine n'est pas loin, je l'y porte, j'humecte son visage d'eau fraîche et nous repartons pour l'école. Et je fredonne cette chanson apprise au préventorium comme une consolation.

«Un kilomètre à pied, ça use, ça use
Un kilomètre à pied, ça use les souliers...»

Lien de parenté oblige, c'est Sophie qui est entrée la première dans la chambre funéraire, encore que je n'en sois plus sûre. Après tout il me semble que c'est Lulu qui a eu la primeur d'en franchir le seuil. Ce qu'elle portait, j'ai oublié, hormis le poids du chagrin qui arrondissait ses épaules. Penchée sur le cercueil où Christian reposait, elle était comme hypnotisée. Sophie même chose, sauf qu'elle se tenait à distance de la bière, droite, d'une immobilité statuaire. Quinze ans qu'elle ne l'avait pas vu, son père, et c'est entre quatre planches qu'elle le retrouvait. Elle donnait envie qu'on la serre, envie de réécrire l'histoire. À propos, que savait-elle de celle de son père? Lui avait-il parlé de ses années d'adolescence passées en institut médico-pédagogique, dans l'enceinte de l'asile psychiatrique de Ville-Évrard? Des dimanches à attendre des visites qui ne venaient jamais, à part celles de Lulu et les miennes? De la souffrance qui avait résulté de tout ça? Lui avait-il chanté : «Mal aimé, je suis le mal aimé...» Chanson qu'il aimait à chanter en imitant Cloclo? Je ne le pense pas. Tel que je le connaissais, j'aurais plutôt tendance à croire qu'il lui avait inventé une enfance heureuse, et peut-être même au bord de la mer.

Quand mon tour est venu de me pencher sur mon frère, je l'ai baisé au front, comme il paraît que ça se faisait dans les tranchées. C'est la première fois que j'embrassais un mort. On n'imagine pas ce que c'est froid. De ce froid j'ai encore la morsure aux lèvres. Et au creux de la main, la gifle donnée sur le chemin de l'école.

À l'instant où Bernard s'est penché sur son frère, le bleu de ses yeux a viré au gris. Quant à Patrick, blanc comme un linge, qui aurait pu dire s'il n'allait pas tourner de l'œil? S'affaler dans le cercueil et, dans un ultime face-à-face, demander pardon à son frère d'avoir jadis couché avec sa femme. Au milieu de ce chantier, hagarde, Lulu montait la garde. C'est elle qui avait choisi la tenue de Christian pour sa dernière représentation. Un pull jaune en V, une chemise bleu ciel pour ce qu'on voyait. Tout ça lui allait bien au teint. Il aimait les pastels. Ça faisait longtemps que je ne l'avais pas vu aussi pépère. Pendant que nous, on était cassés, HS, mais néanmoins vivants. Lequel d'entre nous, en regardant Christian allongé, n'a pas pensé au prochain? La question se lisait dans nos yeux, que d'aucuns gardaient baissés, pendant que d'autres les tenaient levés, vers un hypothétique Éden.

Puis viendrait le jour où y en a un qui se retrouverait tout seul dans son paletot sans manche. Plus personne à côté pour revivre un instant d'enfance. Les parties de cache-cache dans les caves, les glissades sur la rampe de l'escalier. Les partages de tubes de lait Nestlé, d'un cache-nez, des cris et des volées. Plus de témoins de ce qui avait été une enfance de merde, mais une enfance quand même. Après la disparition du dernier, le rideau tomberait sur un petit massacre ordinaire. Ce serait un rideau rouge bien sûr. Un lourd rideau de velours, un linceul.

Fallait bien s'arracher, on l'a fait à pas de loup. Je ne sais plus dans quel ordre. Seules Lulu et Sophie sont restées, l'une les bras croisés, l'autre les bras ballants, le regard attaché au mort. Bernard et Patrick sont sortis fumer, ils l'ont fait dos à dos, assis sur la même borne. Le fourgon mortuaire était là, le soleil cognait sur sa luisance. Bientôt on serait derrière, direction le crématorium où la crémation devait avoir lieu à 15h30.

Michel m'a posé la main sur l'épaule.

– Ça va, Dany?

– Ça va, Mimi, et toi?

– Ça va, sauf que je ne suis plus tout.

– Un enterrement quand même...

– Ça encore, mais j'me demande si c'est pas le dernier.

– Et si t'allais chercher Lulu avant qu'elle prenne racine là-bas.

– On va faire ça.

Les Boubous, de leur côté, se détendaient les jambes en arpentant le parking. Tandis que les inconnus, toujours à l'écart, avaient le nez dans leurs mouchoirs. Je suis sortie m'appuyer contre un mur au soleil. Bientôt Michel est revenu. Il tenait Lulu dans ses bras, bras aux muscles fondus, que la maladie avait rendus doux. Tout en marchant, il la berçait. Un drôle de slow qu'ils dansaient là. D'autres personnes sont arrivées. Des gens qui, bien que je ne les aie jamais vus, venaient assurément du foyer. En ce qui concernait l'homme, cela ne faisait aucun doute. Il avait tout du look de l'exclu. La trogne destroyed par le jaja plastique, les nippes aussi lâches que la peau, le pas mal assuré, mais quand tout le reste l'est...

– Lui, c'était le copain de Christian, m'a soufflé Lulu à l'oreille. Tu sais, celui qui lui faisait ses courses. Et qui les trois quarts du temps oubliait de lui rendre la monnaie. Jamais à court d'humour comme tu le sais, Nonoche l'appelait Picsou. La petite Noire, si j'me trompe pas, elle est Malgache. C'est la femme de ménage. C'est elle qui a nettoyé la chambre après qu'on y a fait le vide avec Patrick. Une drôle d'épreuve. Le matelas était brûlé par l'urine, et sous le lit c'était une vraie poubelle. On parlera de ça plus tard. Puis tu reconnais Mme Lejeune, la directrice du foyer.

On a serré la main du foyer. Celle de Picsou était moite, moins de honte, je crois, que d'avoir estampé un malheureux comme lui, que d'avoir perdu un pote et avec lui une petite rente. On lui pardonnait, c'était un jour comme ça où l'on pardonnait tout. Les inconnus qui connaissaient ceux du foyer se sont joints à nous. Les Boubous, discrets, se sont rapprochés. On a formé un groupe. C'est le moment que Bernard a choisi pour aller tirer Sophie de la prostration où elle était tombée. Du groupe elle ne voulait pas, alors elle s'est assise au bout du banc, tout près de la chambre mortuaire. C'est là où je l'ai rejointe après que Bernard est sorti fumer.

– Ma tante, a-t-elle dit, avant de reprendre le train je voudrais aller voir où vivait mon père. Je sais qu'il vivait dans un foyer, mais il n'était pas si abandonné que ça, dis-moi, puisque sa maman venait déjeuner avec lui tous les jours.

– Qui t'a dit ça ?

– Mais c'est lui, ma tante, même que souvent après leurs déjeuners il me téléphonait pour me raconter. Et puis il terminait toujours par : Ta grand-mère t'embrasse.

– Ta grand-mère n'a jamais mis les pieds au 65, rue Soljenitsyne, jamais.

Sophie a froncé les sourcils et son regard s'est assombri.

– Alors il mentait. Mais pourquoi ?

– Pour ne pas te faire de peine. Et puis aussi parce que faute de la vivre, il inventait sa vie.

Sophie a appuyé la tête contre le mur, les larmes inondaient son visage tandis que de légers tressaillements agitaient sa poitrine.

– Et pourquoi n'est-elle pas là ? a-t-elle fini par demander d'une voix étranglée.

– Elle est âgée et ne peut presque plus marcher.

– Est-ce une raison pour ne pas assister aux funérailles de son fils ?

– Tout dépend des sentiments qu'on lui porte.

– Tu veux dire qu'elle ne l'aimait pas ?

– C'est difficile à dire, Sophie. Je crois que, dans l'ensemble, elle nous aimait pas. Parce qu'elle en était simplement incapable. On lui avait coupé les ailes. Elle était infirme, Sophie. Que ce soit avec nous, les hommes, les amies, les bêtes, le seul moyen d'approcher l'autre, après la séduction, était l'humiliation, l'insulte, les coups. Détruire la faisait vivre. Dans le mal elle puisait sa substance.

– Ce que tu dis là est terrible, ma tante.

– Sans doute, mais c'est ainsi que nous l'avons vécu : d'une manière très violente.

Après une profonde inspiration, Sophie a demandé :

– Et avec son père, quels rapports avait-il ?

– Christian faisait la manche à la tendresse. Son père, qui confondait affection et pognon, à une époque l'invitait assez régulièrement. Mais tout ça, ce n'était que du vent. Le père était amputé lui aussi.

Sophie n'a pas demandé de quoi. Elle s'est levée.

Une fois dehors, elle est allée rejoindre le clan des fumeurs. Poumon, pas poumon d'un côté, Michel fumait encore. Lulu fumait aussi malgré son cancer de la langue quelques années plus tôt. Patrick malgré son nodule. Bernard était plus modéré, mais en ce moment amoureux inquiet, il ne donnait pas sa part au chien. Tous vivaient accrochés à leurs tuteurs blancs, telles des plantes fragiles. Personnellement j'avais arrêté douze ans plus tôt. D'un jour à l'autre, de quarante clopes par jour j'étais passé à zéro. Une question d'esthétique. La teinte de l'émail de mes dents soudain ne m'avait pas plu. Mais ce sevrage brutal avait je crois déplu à mon cœur. Ce qui fait que depuis ce temps-là je marche à piles et que Lulu m'appelle Alcaline.

De nouveau le cortège s'est ébranlé, et cette fois c'est Christian qui le menait. Et j'avais beau me répéter que le cercueil était capitonné, à chaque creux, à chaque bosse, à chaque tournant, à la moindre aspérité enfin, j'avais peur qu'il se cogne. C'est bête, mais c'est comme ça, avant que l'autre n'ait tout à fait disparu, on ne veut pas qu'il ait mal, même mort. Me revenaient les paroles de Sophie. Ainsi sa mère venait déjeuner avec lui tous les jours, pauvre amour. Et de quoi parlaient-ils ensemble ? D'une enfance heureuse, de linge frais, d'une table modeste, certes, mais où jamais rien ne manquait, de ces instants d'extase où le petit garçon assis sur les genoux de sa maman jouit de la caresse du peigne fin dans ses cheveux blonds, de la poitrine nourricière où le front sans effort se fraie un chemin pour dormir... Ô bonheur, bonheur d'être ! Joie d'aimer, d'être aimé. Eh bien non, du malheur et encore du malheur ! Du malheur à la pelle ! Et si tu n'en veux pas, t'en auras quand même ! C'est écrit dans la paume de ta main, et en attendant prends celle-là ! Et si tu n'es pas content, t'as qu'aller te plaindre au bureau des pleurs, saleté, va !

Lulu voulait être sûre qu'on avait bien fermé les yeux de Christian, qu'ils n'allaient pas se rouvrir sous l'effet d'une secousse. Elle aurait tellement voulu le faire elle-même, voulu être la dernière à tenir cette main, qu'elle avait si souvent serrée dans la sienne.

Y avait comme du crachin dans la caisse de Bernard

en dépit du soleil qui cognait aux vitres. On avançait par à-coups au milieu des embouteillages. D'Évry nous nous rendions à Valenton. C'est là qu'aurait lieu la dispersion des cendres, au cimetière intercommunal. Pourquoi Valenton, pourquoi si loin d'où avait vécu Christian ? Peut-être que là-bas ça coûtait moins cher... fallait que je demande à Lulu. Elle se retournait sans arrêt pour voir si Michel et Patrick suivaient bien. Elle se faisait du mouron pour son homme. Tout ça allait encore le fatiguer, lui qui ne tenait déjà plus debout. Et elle, elle qui depuis que Patrick s'était plus ou moins installé au 73, faisait bouillir la marmite pour trois, comment tenait-elle ?

Elle avait sur la mienne posé sa main. Une main gercée d'avoir séjourné trop longtemps dans l'eau, de s'être frottée à trop de produits ménagers, et d'avoir trop frotté aussi. Les mains dans l'eau, Lulu et moi, on les avait plongées tôt. Penchées sur le baquet plutôt que dans nos livres d'école, on avait appris dans l'arc-en-ciel trouble de l'eau de lessive à déchiffrer la vie. Voilà ce que m'inspirait la main de ma sœur dans la mienne. La main de ma sœur dans la culotte d'un zouave ! Dans le cas de Lulu, ça avait plutôt été dans celles d'un régiment ! Quatorze ans de turfs sur les endosses, la grande ! Ça vous fait des épaules maousses, vous donne de l'homme une connaissance peu commune, une résistance à toute épreuve, une humanité sans pareil ! Encore faut-il pour ça s'appeler Lulu. Je regardais son profil avachi par le chagrin et le temps passé et toute sa beauté me revenait comme une bouffée de Shalimar, le parfum qu'elle portait plus jeune. Sœur chérie, qui au comble du désespoir m'appela une nuit pour me dire qu'elle avait trouvé un soutien-gorge dans la poche du blouson de Michel. Un soutien-gorge ! Quand elle venait d'apprendre être atteinte d'un cancer du sein. En larmes elle me dit avoir avalé une bouteille d'Atropine. À quoi je répondis que si l'on veut se suicider, on ne le fait pas avec des gouttes, mais qu'on se tire une balle dans la tête! Et sur ce, j'avais raccroché, laissant ma pauvre sœur à son désarroi.

Sans doute aurais-je eu une autre réplique si Val n'avait pas été auprès de moi. Mais il y était. Et comme la passion ne souffre aucune intrusion, aucune, c'est Lulu qui ce jour-là en avait fait les frais. Je l'avais virée, elle, et son cancer qui venait jeter une ombre sur mon bonheur naissant. Elle me pompait l'air avec ses malheurs à répétition, l'air de chien battu qu'elle prenait à la moindre occasion. D'accord, elle avait morflé, et gravement. Mais des coups, on en avait tous pris. Beaucoup trop. Entendu. Et après, était-ce une raison pour marcher le reste de sa vie la queue entre les jambes? Elle m'excédait quand elle plaquait sur son visage son masque de victime. Au secours, ça va, on a compris, pas la peine d'en rajouter une couche. Ronge-nerfs, la grande, quand elle se glissait dans ce rôle-là.

Sans compter qu'entre nous y avait le nœud du père. Un nœud qu'ensemble nous n'avions jamais vraiment démêlé. Ce n'est que très tard et après beaucoup d'insistance de ma part que Lulu avait consenti à me confier qu'un jour il lui avait pris la main pour la mettre sur sa bébête, et que ce jour-là il avait la trique. Mais que ça n'avait pas été plus loin. En revanche une autre fois, si son fiancé n'était pas arrivé, oui, elle serait passée à la casserole. Et puis plus rien. Plus un mot sur le sujet. Elle voulait que je lui foute la paix avec ça! Elle voulait clore le nœud du père. C'est depuis peu qu'elle y revenait, après que j'avais écrit dans l'un de mes livres qu'il avait dû la dépuceler avec son doigt quand elle était bébé. Ça lui avait remis l'Algérie en tête, où il l'avait emmenée après l'avoir enlevée à l'âge de onze mois. Elle aurait voulu savoir ce qu'il s'était passé là-bas. Mais comme à part les parents, personne pouvait lui raconter, elle ne saurait jamais. Personnellement je ne connaissais que la version d'Andrée. Elle disait avoir placé le berceau du bébé dans la cour au soleil avant de partir au lavoir et que quand elle était revenue le berceau était vide. Elle avait cru devenir folle ! Trois mois sans nouvelles, trois mois à s'arracher les cheveux ! Et puis un matin une lettre d'Alger où sur l'enveloppe elle reconnaît l'écriture de son mari. Il lui demandait de venir la rejoindre là-bas, avec l'aîné. Elle avait alors pris son fils de vingt-neuf mois sous le bras et elle était partie. Une fois à Marseille, elle avait embarqué sur le *Ville-d'Oran*. Entre le roulis, le tangage, ses vomissements mêlés à ceux de son petit, les mains baladeuses des marins, la traversée avait été rude. À Alger, parmi la foule qui se pressait sur le quai, il l'attendait, son mari, avec la rouquine, une de ses copines ! La petite, elle, était en nourrice. Le jour même, elle avait voulu voir sa fille. Il l'avait déposée devant un immeuble crasseux de trois étages où il louait également un logement. La nourrice logeait au premier. En quatre enjambées elle était sur le palier. En vain elle avait frappé à la porte derrière laquelle elle entendait sa fille pleurer. Puis elle avait fini par se laisser tomber sur la dernière marche de la volée, près de la porte au travers de laquelle elle parlait à l'enfant.

Quand beaucoup plus tard la nourrice était rentrée, elle avait découvert sa fille attachée sur sa chaise haute. Le beau bébé qui lui avait été enlevé s'était transformé en un petit sac d'os. Voilà pour la version d'Andrée qui disait aussi combien vivre là-bas avait été un cauchemar ! Le regard sombre et brillant que les hommes posaient sur elle lui glaçait les sangs. Dans le petit appartement où elle dormait plus souvent seule avec ses enfants qu'avec son mari, elle vivait barricadée. Lui faisait ses affaires, lesquelles ça ne la regardait pas. Il promettait qu'un jour ils seraient riches. Et puis la guerre avait éclaté. Le père qui n'était pas encore le mien avait été mobilisé, et nos parents n'étaient jamais devenus fortunés.

Tout ça n'éclairait pas beaucoup la lanterne de Lulu quant à son enlèvement et ce qui en avait découlé. Le seul à détenir la vérité c'était le vieux, et là où il était il ne risquait plus de la dire. Et je doutais que de son vivant elle lui ait vraiment demandé des explications à ce sujet. Je le répète : on ne parlait pas au sixième droite de l'escalier F. Là-haut on avait les becs clos. Des clous aux commissures des lèvres. Ce qui n'empêche pas de l'ouvrir. Résultat, ça saigne. On s'y fait. Avec la disparition du père, Lucette s'était rabattue sur la mère qu'elle harcelait de questions.

– Pourquoi moi ? Pourquoi moi ? Et qu'est-ce qu'y s'est passé là-bas ? s'entêtait-elle à répéter.

Andrée n'avait pas oublié, non, mais c'était en 39 et elle avait vingt ans. Alors qu'on la lâche qu'on la laisse vieillir en paix ! Le passé, c'était le passé, faudrait peut-être qu'on arrête de le remettre sur le tapis ! Surtout pour l'enfoncer.

– Je t'enfonce pas, répliquait Lulu, j'essaie d'y voir clair avec toi.

– Clair à quoi ? s'emportait alors invariablement Andrée.

Et ça finissait par des scènes où les mots se mêlaient aux gestes. Pour du théâtre, on en a eu, et tout gratuit ! On payait autrement.

À un carrefour, alors qu'on venait de voir indiqué Valenton, Bernard, qui aimait le foot, a dit :

– On touche au but.

Au but très bien, mais lequel ? C'est que des buts, y en a mille ! Buts ratés, buts marqués, buts qu'on n'atteint jamais. Quel était celui de Christian ? On va dire être heureux, comme ça on simplifie. Heureux, sans doute notre but à tous, mais tout le monde n'a pas ce talent, car il en faut pour être heureux.

La pièce dans laquelle nous avons été invités à prendre place, et ce, que l'on soit croyant ou non, faisait penser à une chapelle. En hauteur se trouvait un écran, une sorte de chaire suspendue. Dessous, sur une longue table en bois clair étaient éparpillées quelques cassettes que Lulu et Patrick avaient récupérées dans la chambre de Christian. L'employé des pompes funèbres nous a demandé si on voulait voir. On s'est regardés ! Et puisque tout était fait pour, on a dit oui. L'employé a alors précisé que ce n'était pas une obligation et que les âmes sensibles pouvaient s'abstenir. Sensibles nous l'étions tout autant que curieux. Et d'autant plus que ce n'est pas tous les jours, et heureusement d'ailleurs, qu'on a l'occasion de voir partir en fumée quelqu'un qu'on a aimé : pourquoi ne pas profiter du spectacle ? Et puis y avait ce froid sur nos lèvres. Le feu n'y ferait rien, je le savais bien, pourtant j'avais hâte qu'il l'enlève ou plutôt qu'il enlève Christian. Qu'il l'élève au-dessus des parterres de fleurs qu'il aimait à photographier, au-dessus d'un monde dans lequel il n'avait pas eu les dents assez longues pour tracer son sillon. Avant de mettre en route la machine infernale, le compte à rebours qui fait d'un cadavre un petit tas de cendres, l'employé des pompes funèbres a demandé si on voulait de la musique. D'un coup Sophie a été debout.

– Il ne partira pas sans musique ! s'est-elle écriée.

On a regardé les cassettes, Sophie, Lulu, Patrick, Bernard et moi. Comme personne n'arrivait à se décider, et que l'employé de la maison Borniole commençait à montrer quelques signes d'impatience, j'ai proposé *Avec le temps* de Léo Ferré. Ce titre a fait l'unanimité. La belle voix de Léo s'est élevée, forte et vibrante elle a empli nos cœurs pendant que nous regardions cramer Christian comme au ciné.

Après on s'est retrouvés dans une pièce entre nous. C'est là où, profitant de ce que les inconnus étaient sortis prendre l'air, j'ai soulevé la délicate question de l'argent.

– Je sais que cela peut vous paraître abrupt, ai-je dit, mais il faut que nous en parlions. Et si on ne le fait pas maintenant, quand le fera-t-on ? Après la dispersion des cendres, chacun partira de son côté... Alors voilà : Lulu a fait un chèque de mille euros aux pompes funèbres. Ce chèque est sans provision. Chacun comprend ce que ça veut dire. Si on participe tous, j'entends maman, les frères et sœurs, et toi Sophie si tu veux, ça nous fait trois cent soixante-seize euros chacun. Soit un total de deux mille six cent trente-deux euros. J'avancerai la part d'Andrée et de Patrick. J'ai parlé avec Ed au téléphone, il a dit qu'il participerait.

Je n'avais pas fini de parler que Mimiche a sorti son chéquier. Il a fait un chèque à Bernard.

– Tiens, a-t-il dit en le lui tendant, tu me rembourseras sur six mois, un an, selon. Je suis pas pressé.

D'un mouvement de tête Chanchan a montré qu'elle non plus. Aurait plus manqué qu'elle fasse le contraire ! Encore qu'aujourd'hui elle avait davantage voix au chapitre qu'hier. Parce qu'hier, c'était : si t'es pas contente, tu dégages, et encore je vais t'aider à le faire ! ça ira plus vite. Y avait eu des étés chauds sur le camping de Vias, au lieu-dit la Kabily ! Quand elle les évoquait, ces vacances-là, Chanchan avait le front tout perlé de sueur. Allez ! Le temps n'était pas que porteur de méfaits. La preuve, son couple avait tenu, quand y en a tant qui se cassent la gueule ! Regardait Mimiche les yeux mouillés, Mimiche qui avait entouré les épaules de son pote.

Sophie avait ramassé ses mains entre ses genoux. Elle s'était ramassée. Recroquevillée sur elle-même, tête pendante, elle devait faire ses comptes et se demander du même coup pourquoi elle devait casquer pour un père qui l'avait larguée à quinze ans. Sa réflexion n'était peut-être pas celle-là, toujours est-il qu'elle l'a amenée à dire qu'elle participerait, mais pas maintenant. Juste là, elle ne pouvait pas. Le voyage l'avait mise dedans. Il fallait d'abord qu'elle se renfloue.

D'ici un mois, si ça allait… Lulu a dit qu'il n'y avait pas de problème et elle a remercié sa nièce en la serrant contre elle.

Personnellement le ton de Sophie ne m'avait pas convaincue. Je pensais plutôt qu'une fois dans le train elle ferait en sorte de nous oublier. Pas facile quand on prend souche parmi un bouquet d'arbres écorcés. On verrait. Restait que la question du pognon étant quasi réglée, on se taisait. Les yeux baissés sur un espace entre nos pieds, on pensait à lui et dans les larmes qui coulaient miroitaient des éclats d'enfance. Lulu, qui supportait mal le silence, a déclaré d'une voix qu'altérait l'émotion qu'elle avait pris contact avec l'assistante sociale d'Évry, pour voir si Christian ne pourrait pas avoir droit à une aide.

– Quelle aide, a tristement ironisé Bernard, maintenant qu'il est mort ?

– Une aide pour les funérailles. Si on l'obtient je répartirai l'argent entre nous.

– L'argent, a dit Patrick, en fourrant la main dans une poche de son jean, l'argent, tiens, le v'là !

Et les pièces ont volé, rebondi, pour certaines tourné sur elles-mêmes.

– C'te monnaie, il me l'a donnée y a une semaine, a continué Patrick, c'était la première fois que j'allais le voir dans son foyer de merde ! J'avais un déménagement dans le coin. Un dépannage au black. Il m'a dit : Tiens, prends, j'en aurais plus besoin. Et moi, comme un con, j'ai pas compris. J'avais pas compris non plus que je l'aimais autant… On est con.

Michel et les Boubous ont acquiescé d'un hochement de tête, pendant que Bernard replié sur lui-même poursuivait son soliloque entamé quand il avait pris le volant, que Lulu reniflait l'humeur qui lui coulait du nez, que moi j'arpentais les lieux. Tout ça sous le regard compatissant des inconnus revenus.

La dispersion des cendres a eu lieu à 17 h 15. Le soleil était toujours aussi chaud. Le ciel d'un bleu de dragée, quand en millions de particules Christian a regagné l'éther.

Voilà c'était fini. Et maintenant nous allions nous séparer alors que nous aurions tellement eu besoin de rester ensemble. De nous pelotonner les uns contre les autres, de faire bloc encore face au vide laissé par notre frère, de parler de notre chagrin, de mettre des mots dessus plutôt que de le garder bouclé à l'intérieur. Mais peut-être était-il trop tôt et peut-être était-ce aussi bien ainsi. Ce qu'y a de sûr, c'est que désormais nous irions boiteux, puisqu'il manquait deux pattes au cheval de bois de l'enfance.

Lulu avait hâte d'y aller, ces derniers jours avaient vraiment été trop durs ! Et puis pour Michel, dans l'état où il était, valait mieux rentrer.

– Dans l'état, quel état ? Faut pas parler comme ça, Lulu. Si t'as envie qu'on pousse jusque chez ta mère, on le fait.

– On pousse nulle part ! J'ai pas envie qu'elle me prenne la tête. J'ai pas envie de la voir, j'ai le droit !

Des baisers appuyés sur les joues baignées de larmes, des promesses de se revoir bientôt, de s'écrire, de s'appeler. Là-dessus, Lulu et Michel ont mis le cap sur Ormesson, où ils allaient retrouver Thibault et Rosalie, le chien et la tortue. Leur vie qu'en véritables équilibristes qu'ils étaient, ils vivaient sans filet.

Les Boubous, eux, l'ont mis sur Bagneux. Pendant que Bernard, Patrick, Sophie et moi on l'a mis sur Paris. En route Bernard a proposé à Sophie de l'emmener jusqu'à la gare de Lyon. Elle l'a remercié, en assurant que ce n'était pas la peine, qu'elle saurait se débrouiller toute seule. Patrick a quand même consulté le plan. Et on l'a laissée à Denfert, direction Nation, Nation puis gare de Lyon. La bouche l'a avalé. *Bye-bye sweet* Sophie. On est remontés vers Alésia, là où logeait Andrée. Même si, sans que cela ne soit dit, après une telle journée on le concevait comme une corvée, fallait bien qu'on passe l'embrasser, lui dire que son fils était bien parti en fumée, et que là où il était désormais il n'y avait pas de place pour les regrets. Qu'il fallait qu'elle oublie le mauvais vin partagé, les coups et les injures qui vont avec, les brûlures de cigarettes sur la nappe en toile cirée et le canapé bleu, qu'elle n'avait jamais consenti à ouvrir malgré les douleurs dont Christian souffrait. Deux ans il avait dormi recroquevillé sur le canapé dans un renfoncement du salon. Tout ça appartenait au passé.

Et même si Andrée avait prononcé le mot pardon, Christian ne l'aurait pas compris. Les morts ont une langue à eux et n'entendent plus celle des vivants. Cependant qu'inlassablement nous poursuivons avec eux une étrange conversation, faite d'images, de bruits, de parfums, de sensations diverses. Nous vivons avec eux. Ils ont forcé une porte en nous, se sont installés dans notre intérieur et nous aurons beau faire des pieds et des mains, nous ne parviendrons pas à les déloger. En nous, ils sont chez eux. C'est grâce à nous qu'ils continuent de vivre. Jeunes, vieux, ils se croisent dans nos pensées. Parfois se bousculent sans se reconnaître. Se retournent et portant la main à leur front, murmurent en regardant s'éloigner la chère silhouette : j'ai déjà croisé cette personne, et cet enfant aussi, cette bête, mais où ? Ce ne sont ni les tombeaux, ni les urnes, ni aucun monument funéraire qui abritent nos disparus. Leur seul abri, c'est nous. En plus il est gratuit. On loge à l'œil ! Et pas d'histoire de concession, quand on est là, c'est à perpette.

Après avoir pas mal tourné, Bernard a fini par se résigner à se garer dans le parking souterrain juste sous les fenêtres de la résidence. Résidence, mes genoux ! Des mots pour faire beau !

À la réception une femme dans la trentaine, escortée d'un berger allemand, et de ce qu'on supposait être son mari ou son compagnon, du kif, nous a demandé où on allait.

– Chez la veuve Coudert, a répondu Patrick, chambre 309.

– Mais c'est un film, ça ! s'est exclamée la femme. Avec Simone Signoret, si ma mémoire est bonne.

– Possible, a répliqué Patrick, sauf qu'on ne va pas au cinéma. On vient voir notre mère.

Bernard a pris le bras de son frère. Valait mieux parce que le maître et le berger allemand commençaient à grogner. D'un geste directif, la femme, une kapo comme disait Andrée, nous a montré la direction des ascenseurs. On connaissait, mais nous n'allions pas lui déplaire, même si Patrick cherchait la castagne.

Dans une sorte d'aquarium qu'illuminait une télé, des vieux et des vieilles erraient, pendant que d'autres assis s'appliquaient à fixer l'écran. Ça sentait la soupe en sachet, la pisse et l'abandon. On s'est entassés dans l'ascenseur à la suite d'une ancienne trémulante, que Bernard a aidée à appuyer sur un bouton. Elle allait au cinquième, on a fait le voyage avec elle. Et puis on est redescendus au troisième. Je me suis toujours sentie mal à l'aise sur ce vaste palier généralement plongé dans l'obscurité. Rien d'étonnant après, à ce qu'il faille tâtonner à la recherche de l'interrupteur. Patrick, lui, l'a trouvé du premier coup. C'est vrai qu'il vient plus souvent que moi. Et même de plus en plus souvent et d'ailleurs si c'était permis, il prendrait pension chez sa mère. Le chômage mène à bien des abaissements, y compris à celui de revenir chez maman à près de cinquante ans, et pour taper dans sa petite retraite, un ticket de métro et puis des clopes… Ça doit faire mal à l'ego. D'autant que la retraite, elle n'est pas grosse. Six cent quatre-vingts euros par mois. Avec ça, on va pas chier gras, comme disait Andrée autrefois. Aujourd'hui elle assure que ça lui suffit. Le couloir qui mène à son studio m'est aussi détestable que le palier, sinon plus. Je m'y sens oppressée, pressée de le reprendre en sens inverse. Ce n'était pas ainsi il y a encore quelques années. Quand je venais, on allait déjeuner, après on faisait quelques pas sur l'avenue du Général-Leclerc, parfois on poussait même jusqu'à Denfert, et aux beaux jours en route on se faisait une terrasse. Mais maintenant qu'elle ne bouge plus de son lit ou presque, maintenant que son diabète et l'ennui la terrassent, qu'elle ne se farde plus, on peut voir sur son visage toute la profondeur de sa rancœur. Et ça donne le vertige. Ça tire par le bas. C'est pourquoi face à cette outre gonflée de chagrin et de vin qu'est devenue ma mère, j'ai des envies de fuite.

Son studio se trouve au bout du couloir, et pourtant dès la porte de celui-ci poussée, on entend gueuler la télé. La télé, son univers. Quand elle était encore valide, j'avais pensé lui acheter un petit chien. Mais dans cette baraque, comme elle dit, les animaux sont interdits. Pendant que les cons pullulent !

Les cons ont toujours pullulé dans les parages de Dédé. À croire qu'elle les attire. Mais faudrait pas s'aviser de le lui dire, elle se sentirait aussitôt visée et tomberait des phrases telles que :

– Qu'est-ce que tu veux insinuer ?

Ou :

– Dis que je suis conne tant que tu y es. Eh bien, dis-le, je vois bien que ça te démange la langue !

Andrée n'était pas bête, elle savait provoquer les situations scabreuses qui lui permettaient de donner libre cours à sa brutalité, tant physique que verbale. Elle personnifiait la perversité. Aussi loin qu'il m'en souvienne, frapper à sa porte m'avait toujours angoissée. Chaque fois je ressentais un inexplicable malaise. Parce que ce n'était pas ma bonne part qui entrait chez elle. C'était celle que je n'aimais pas, qui se pliait à son bon vouloir, servait à sa propre représentation. Je devenais son public. Et j'étais bon public. Patrick m'a évité le désagrément de frapper, il a tambouriné à la porte comme si Andrée était dure de la feuille. Ce qu'elle devait être un peu, sinon pourquoi cette télé si fort ? Bon, en même temps, on peut se dire qu'il y a tant de silences à meubler…

Elle portait une ample robe de coton noir sans manches et elle était livide. C'est clair qu'elle avait picolé. Cependant elle se tenait bien droite dans l'encadrement de la porte. D'ailleurs, à ce jour, je ne l'avais jamais vue vaciller.

– Je vous ai attendus, a-t-elle dit, allez, entrez, ils écoutent tout ici. Figurez-vous que je viens de rencontrer un monsieur très bien sur l'avenue. Un journaliste. Il m'en a posé des questions sur la casbah que c'est ici ! Je lui ai parlé, je lui ai fait part des abus. Il m'a conseillé d'appeler Antenne 2, de dénoncer. Et c'est pas tout, il est entré, et à la kapo dans la loge a demandé à voir des dossiers. Quelqu'un de très bien, et de très distingué et qui m'a écoutée. Mais ne restez pas debout, asseyez-vous ! Quand je vous vois debout comme ça, j'ai l'impression que vous êtes pressés de partir. T'as qu'à prendre le fauteuil, Dany, Bernard prendra la chaise, et toi Patrick, installe-toi donc au pied du lit ! Moi je m'y remets vu que je tiens plus debout.

On s'est assis pendant qu'elle poursuivait son monologue le dos calé contre les oreillers. Parmi les photos de ses enfants et de ses petits-enfants, qui tapissaient toute une partie du mur vis-à-vis de son lit, Andrée en avait ajouté une d'elle et de Christian le jour du mariage de ce dernier. Dessus ils avaient l'air de s'aimer. Dessus rien ne laissait présumer des jours sombres qu'ensemble ils vivraient plus tard. J'observais aussi qu'une photo de moi avait disparu de la galerie de portraits. Il s'agissait d'une photo en buste, prise dans un clandé quand j'avais vingt et un ans. Si je n'avais jamais demandé à ma mère de la retirer du mur, c'est que je ne ressemblais pas à une pute, mais plutôt à une jeune fille paumée, au sourire fixe et immobile, au regard vague. Cette photo était remplacée par une autre, toujours en buste, mais le stylo à la main cette fois, prise durant une séance de signature au Salon du livre. Ce qui lui permettait de dire au personnel de la résidence et à ses aides-ménagères, qui se succédaient à la vitesse d'une par mois, quand ce n'était pas par semaine, tant elle leur menait la vie dure :

– Ça, c'est ma fille, celle qui écrit.

Lulu n'avait pas droit à sa photo au mur. Imaginons que ça ait été le cas et quelqu'une ait demandé à Andrée :

– Et votre grande, qu'est-ce qu'elle fait ?

Andrée n'aurait pas répondu des ménages, du repassage. Ça l'aurait descendue aux yeux de celles auprès de qui elle voulait passer par une lamdé. Une dame quoi, dont le mari avait eu une situation autrefois. Elle aurait pu mentir bien sûr, dire qu'après la mort de son père Lucette avait repris l'hôtel-restaurant qu'il tenait dans l'arrière-pays cannois. Mais pour ça il aurait fallu qu'elle eût de l'estime pour sa fille, or elle n'en avait pas. Et plutôt que d'affronter la réalité, elle avait préféré la rayer de son paysage public. Pas de son paysage intime. Là, tout comme Christian, elle existait sur grand écran. Le téléphone était son arme. Les mots en sortaient par rafales. Détruire encore et toujours. Détruire jusqu'à l'épuisement. Je n'avais pas échappé à ses tentatives. Même au loin il lui était arrivé de m'atteindre. La dernière fois, ça avait été à Tirana, peu de temps avant mes crises d'épilepsie. Je ne cherche pas à faire le lien entre les deux. Je note seulement. C'était après le déjeuner, je prenais le café avec Val à une terrasse au soleil sous les citronniers, lorsque mon portable a sonné.

– Ça va ? a demandé Andrée.

Je n'avais pas terminé ma réponse qu'elle a dégainé. Et vas-y, tire. J'ai encaissé. Dis, je te rappelle. Le bureau de Val se trouvait à deux pas. On s'est quittés devant. Cela fait, au lieu de prendre à droite pour regagner l'appartement où j'avais l'habitude d'écrire l'après-midi, j'ai pris à gauche. Fait plusieurs fois le tour du quartier complètement désorientée. À côté de mes lattes, ne sachant même plus si j'en avais. Elle m'avait déchaussée, la vieille. Ces paroles me torpillaient la tête :

– Ceux qui m'aiment pas, moi, je vais te dire une chose, Dany, je les emmerde. T'entends, ma fille, ce que j'te dis, je les emmerde ! Et même que je leur souhaite du malheur !

Tant qu'elle ne s'en était prise qu'à moi j'avais plus ou moins passé. Mais qu'elle s'en prenne aux miens, là, ça ne passait pas. Parce que ceux qu'elle emmerdait sans les nommer, c'était mon mari et mon fils. Deux mois se sont écoulés sans que j'appelle. Puis un après-midi, j'ai flanché :

– Allô, Andrée.

Là, elle ne l'a pas ramené, là, elle avait sa voix de mourante. La même que maintenant où, adossée à ses oreillers, elle regrettait un fils mort, parce que la situation le voulait.

J'étouffais dans cette pièce où la télé gueulait encore, bien qu'Andrée en eût baissé le volume. Un vent léger faisait bouffer le voilage. De l'air, de l'air, même pollué, et puis du bruit, le silence était si lourd. Depuis qu'on s'était assis, on n'en avait pas décroché une. Les yeux baissés, comme plus tôt au crématorium, on fixait l'espace entre nos pieds. Peut-être qu'on y voyait la même image, le visage émacié de Christian, et ses paupières closes à jamais. Face à notre apathie, et revenant soudain à la réalité, Andrée nous a demandé ce qu'on voudrait boire. Elle a proposé du porto, du vin, de la bière. Son aide-ménagère avait été lui chercher tout ça ce matin en prévision de notre venue. On s'est regardés et on a répondu rien à l'unisson. On a évoqué la fatigue et c'est vrai qu'on était crevés, lessivés, à tordre. Fallait s'arracher, on l'a fait.

– Alors comme ça, vous partez déjà ? a-t-elle dit, ramenant ses jambes au bord du lit.

On a fait oui d'un signe de tête. Les pantoufles chinoises qu'elle avait aux pieds se sont alors mises à trembler, puis ses mains, son être entier.

– Comme ça vous partez, a-t-elle répété en prenant appui sur le sol, sans même boire un verre…

– On fera ça une autre fois, maman.

– Une autre fois quand ? C'est quand même pas souvent que ton frère et ta sœur sont là.

– Une autre fois.

– Dites-moi au moins comment ça s'est passé ?

On a tous les trois haussé les épaules.

– Vous l'avez vu ?

– Bien sûr.

– Et comment il était ?

– Il n'était plus.

– Avait-il au moins l'air tranquille ?

J'ai fait un signe de tête dans le bon sens. Puis, après avoir embrassé Andrée, on a quitté la pièce.

Avant de pousser la porte vitrée de la résidence, Patrick a fait un bras d'honneur à la kapo, à son mec et au chien. Geste qui ne risquait pas de faire remonter notre cote d'amour dans les bureaux de l'aquarium.

Aujourd'hui il y a un an que Christian est mort. Le *caryopteris* clan grand bleu, que j'avais planté près de l'auvent l'année dernière en souvenir de lui, ne refleurit pas encore, mais est très vigoureux. Je lui ai bien dégagé le pied afin qu'aucun hôte indésirable ne gêne sa croissance et qu'il s'élève sans entrave. De temps en temps je lui fais un brin de causette, de préférence le matin quand le soleil pénètre sous l'auvent où je prends mon petit-déjeuner. On poursuit de vieilles conversations, telle celle interrompue à Tirana par un orage phénoménal.

– L'avenir, je vais te dire comment je le vois, Dany. Ils vont se retrouver tous les deux, isolés sur l'île qu'elle a choisie pour lui. Elle. Son dernier et elle. Son Patou, son Patrick, son fils adoré. Et sur les murs de l'île je vois du sang, Dany. Du sang d'un rouge ardent.

Je repoussais cette idée et pourtant il y avait du vrai dedans. Tous deux buvaient outre mesure. L'alcool les rendait violents. Ils devenaient fous. Cela dit, et Dieu sait si son rôle importait, l'alcool n'était pas seul en cause. J'irais jusqu'à dire pour sa défense qu'il était entre eux un moyen de communication. Le seul sans doute. L'alcool les rassemblait. Avec lui, comme à l'origine, ils pouvaient de nouveau s'imbriquer l'un dans l'autre. Et quelque douloureuse que soit la situation, ça valait mieux que leur solitude. Je repoussais l'idée de l'île et pourtant il y avait du vrai là-dedans. Était-ce une prémonition, il se trouve que dans l'un de mes livres, intitulé *Malparade*, une mère tue le chien du fils avec lequel elle vit. Andrée lit le livre. Et comme ça, un jour où nous déjeunions ensemble dans une brasserie en bas de chez elle, se penchant au-dessus de la table, elle me dit à voix basse :

– Comment tu as su ?

– Su quoi ?

– Ben, pour le chien…

– Ça m'a semblé possible.

– Approche un peu.

Nos cheveux se touchaient maintenant et nos peaux presque.

– Écoute, ma fille. Ce que t'as écrit, je l'ai fait. Je t'explique. À cette époque-là, Patrick et moi, on habitait au Blanc-Mesnil, cité des Tilleuls. Toi, tu vivais en Amérique, au Canada, je sais plus. T'étais loin… Là-bas ou ailleurs, c'était la même chose. T'étais loin, bon. À force de me faire du mauvais sang pour ton frère, un soir que je n'en pouvais plus de l'attendre, j'ai tué son chien. Tarzan, tu te rappelles, son boxer. Hé ben, je lui ai fait avaler un tube de Valium et quand il a été groggy, je l'ai étranglé. Remarque, il était bébé, ça a été facile. Et quand ton frère est finalement rentré, j'ai dit que son chien était mort d'une crise cardiaque.

Je n'ai jamais parlé de ce lamentable fait à Patrick et pourtant ce n'est pas faute d'en avoir eu envie. Lui dire enfin, regarde ta mère comme elle est : malade. Et ce qu'elle a fait à ton chien, malgré tout l'amour qu'elle dit te vouer, elle te l'a fait d'une autre façon. Je me suis tue, considérant que Patrick n'aurait pas encaissé le choc et que du coup la sinistre révélation se serait retournée contre moi. Je mentais ! Jamais sa mère n'aurait tué son chien. J'inventais ! Lulu avait raison, j'inventais tout, parce que je n'avais pas de mémoire. C'est pour ça que j'écrivais, pour essayer d'en construire une, faite de bric et de broc : une mémoire qui ne tenait pas debout. Qui faisait pencher tout le monde ! Une mémoire dont il n'aurait pas déplu à certains qu'elle s'efface. Seulement, voilà, je l'avais sinueuse peut-être, mais longue. Entendu, j'épilogue, mais dans tout ça, y avait du vrai, du solide qu'on me remettait toujours sous le nez. Et ça sentait le purin d'orties, je vous le dis. Le purin tout court. À propos de lui, de Purin, un chat de gouttière que j'avais amené à Andrée car elle en voulait un, il était tombé de la fenêtre du troisième tout seul. Elle ne l'avait pas aidé, promis, juré. Sûrement qu'il y avait une femelle en chaleur qui passait par là, en tortillant du cul. Et comme ça, Purin, il n'avait pas pu résister. Et hop là ! la chute fatale. Mais peut-être bien qu'il avait déjà eu neuf vies, comme le disait Andrée. Parler de tout ça avec Patrick, pas possible. Sa mère, il l'idolâtrait. Sa mère, elle n'aurait pas fait de mal à une mouche. Sa mère, elle était bonne comme du bon pain ! Ce n'était pas la Sainte Vierge, mais tout comme. Qu'on y touche, qu'on dise du mal d'elle, il sortait son surin. Il en avait toujours un sur lui, un cran d'arrêt, bien affûté.

Après avoir squatté son pote Raymond à Savigny, Patrick a commencé à dormir de plus en plus souvent au 73. Là-dessus l'été est arrivé. Les vacances scolaires et avec elles Laura. Quand Patrick a demandé à Lulu si elle ne pourrait pas la prendre une quinzaine de jours, elle n'a pas dit non. Tellement heureuse d'avoir sa nièce avec elle ! Seulement voilà, y avait pas deux jours que Laura était là que Patrick a rappliqué. Faut dire aussi que le reste de l'année il ne voit pas beaucoup sa fille. Toujours est-il que deux semaines sont devenues deux mois. Et que quand Laura est partie, Patrick est resté.

Lulu a retroussé ses manches, faire à manger pour un ou pour deux... Surtout que Michel, sans dents, il ne mangeait plus beaucoup. Par contre, il déprimait dur !

Patrick pareil. Deux déprimes sur le râble plus la sienne, ça fait lourd ! Lulu s'étourdissait au kir, une façon de voir la vie en rose. Le temps passait comme ça. Le matin elle allait bosser, quand elle avait fini, elle faisait ses courses à Franprix, puis elle rentrait préparer le déjeuner. Et quand on sait comment elle cuisine ! Après manger, en général ils faisaient une partie de cartes. Suivie d'une sieste. De temps en temps, Patrick disparaissait pour ressurgir sans crier gare. Comme durant ses absences il ne donnait pas signe de vie, ça mettait Lulu en transe. Il y avait des larmes, des éclats de voix, puis la vie reprenait son cours ordinaire. Ça durerait le temps que ça durerait. On prenait le temps comme il venait à pleins bras. On jouait à y croire. On se débattait.

L'euphorie retombée, je sentais Lulu lasse. Patrick glandait. Et le numéro du portable qu'elle avait offert à Laura pour ses dix ans ne s'affichait jamais sur son écran.

– T'es trop bonne, Lulu, disait Michel, tu l'as toujours été, une vraie poire, résultat, on te prend pour une conne. Mais peut-être que t'aimes ça, on se demande.

– On se demande quoi, Michel ? Eh bien, dis-le.

– Laisse tomber.

– Je sais, avec toi faut toujours laisser tomber.

– Ajoute d'une façon ou d'une autre, tant que tu y es.

– J'ai pas dit ça.

– Alors viens m'embrasser.

– Et quoi encore ?

– Viens, j'te dis.

– Si je veux.

– Allez, fais pas la gueule, Lulu.

Elle venait, il lui essuyait les yeux, la mouchait.

– Souffle, lui disait-il, souffle Lulu !

Elle soufflait et finissait par rire. Alors, la berçant, il chantait.

« Ris donc, Gervaise, oublions tout ce qu'y s'est passé.

Sois pas mauvaise, allons viens vite m'embrasser, Gervaise… »

C'était sur le coup de midi. On était le 19 mars, jour de l'anniversaire de Patrick. Lulu revenait de Franprix. Elle avait tout dans son panier. Rien ne manquait, rien. Quand elle a poussé la porte, elle a reculé. La porte du four de la gazinière était grande ouverte, le gaz qui s'en échappait prenait à la gorge. Près d'elle Michel gisait. Des tubes de cachets vides ou à moitié vides jonchaient le sol. Dans sa chute il avait renversé la table, et tout ce qui se trouvait dessus, solide comme liquide, s'était répandu. Parmi ces choses un mot, un mot froissé, lequel disait : « Puisqu'il semble que je sois de trop, Lulu, vaut mieux que je latchave. »

– Aurait plus manqué que je rentre là-dedans avec la cigarette au bec, m'a dit Lulu après l'incident. Remarque, j'aurais fait sauter la baraque. Comme ça, on serait partis ensemble. On en aurait fini de souffrir et du même coup d'emmerder le monde.

Comme ils avaient encore à souffrir, Lulu n'a pas fait sauter la baraque, elle a appelé les pompiers. Michel a été en réanimation à l'hôpital Mondor et de là, après deux jours de coma, interné au Muret, pendant une période de dix jours. Peu de temps après son retour à la maison, il a fait un pneumothorax avec décollement de la plèvre du poumon qu'il lui restait. Placé en soins intensifs, toujours à Mondor, il s'est réveillé hémiplégique, paralysé du bras gauche, et ayant perdu la parole. Ça baigne, comme dirait l'autre, mais pas dans le beurre, c'est sûr ! Trop faible pour se nourrir et sans ratiches en plus, on l'a équipé d'une sonde gastrique ! Il était désormais réduit au gavage.

– Qui peut comprendre, me disait, il y a quelques jours de ça, Lulu au téléphone, que de ne plus mettre qu'une assiette sur la table quand on en a toujours mis deux est un manque terrible. Depuis qu'il est comme ça, j'ai perdu l'appétit, je ne bouffe plus que de la daube. Des trucs sous plastique que je plonge dans l'eau bouillante.

L'ambiance n'était pas terrible. On pourrait même dire qu'elle était franchement lourde. Même que certains matins, si on avait pu l'éviter, tellement le ciel était bas, on ne se serait pas levés. Et cependant la vie continuait. Lulu gavait Michel et elle mangeait ses plats préparés. Patrick ne trouvait pas de boulot, se réfugiait dans le sommeil, prenait un café belge au réveil. Y avait que Titi et Rosalie qui profitaient de la vie ici. Rosalie était un mâle en l'occurrence, Lulu l'avait appris depuis peu, par un voisin féru de tortue. Ce n'était pas une raison pour lui changer de nom. S'appeler comme ça ou autrement, Rosalie, il s'en tamponnait le coquillard. Il était heureux avec sa maison sur le dos, du moins l'imaginais-je ainsi. C'est vrai que je n'ai jamais entendu dire qu'à l'instar de l'homme les tortues soient sujettes à la dépression.

Tiens, elle, justement, parlons-en ! Elle se la faisait belle au 73, où maintenant elle avait sa chaise. On faisait tourner la table. Un coup à toi, un coup à moi, on gagnait du temps. Puis un soir, boum ! Cocktail, jaja, chagrin, d'un mot à l'autre on en est venu aux mains. La soupape de sécurité a sauté. Patrick en a mis plein la tronche à Lulu. Et il ne l'a pas ratée, à coups de pompes qu'il y a été, comme ça, la grande, elle s'est retrouvée avec une pommette fêlée, une dent et un doigt cassés, sans compter des bleus qu'aucune eau savonneuse n'effacera jamais. Tout ça sous le regard vacillant de Michel, emberlificoté dans ses tuyaux.

Là-dessus, et comment l'expliquer, la peur, le remords, la honte qui les accompagne, Patrick est allé chez les voisins appeler la police. Les flics sont venus, ont demandé à Lulu si elle voulait porter plainte. À quoi elle a répondu que non, qu'il s'agissait d'une histoire de famille. Et c'est bien de ça qu'il s'agit, d'une histoire de famille. Michel, malgré la fatigue, le dégoût, voire la haine que Patrick lui inspirait, a tenu à reconduire ce dernier chez sa mère.

C'est là où il vit depuis. Dort sur le lit de camp quand il a la force de le déplier. Autrement dort par terre, sur sa mère, ça dépend. Dernièrement l'a traînée sur le balcon, lui a proposé de sauter avec lui. Lui a dit :

– On arrête le bin's. De toute façon avec ton diabète, ta polynévrite alcoolique, t'es cuite. En plus avec ta cataracte, tu verras même pas quand on touche terre. Alors on saute…

– Tu ne m'as jamais parlé comme ça, Patrick.

– Comment comme ça, je ne t'ai jamais parlé, tout court !

– Lâche-moi, tu me fais mal !

– C'est signe que tu sens encore quelque chose. On compte jusqu'à trois et on y va.

– On va où, Patou ?

– À notre place, on va sur le bitume par terre.

– Tu délires, là, mon fils.

– *Delirium* très mince. Pendant que toi t'aurais tendance à épaissir. Tu pèses combien maintenant, maman ? 75, 80 ? Laisse-moi palper ton bide. C'est quand même de là que je suis sorti non, de la cave ?

– Quelle cave ?

– Celle d'où je viens. Maintenant, dis-moi qui est mon père. C'est Joël, c'est Mario, c'est qui ?

– Ta sœur t'a pourri la tête.

– C'est qui ? Tu sais pas. Pas grave. Remarque qu'entre Mario et Joël, je préférerais Joël. Beau mec balèze. J'aimerais bien lui ressembler. C'est lui mon père ?

– Quand je l'ai rencontré on m'avait déjà vidée.

– Comme ça le malheur s'est arrêté. Dis-le.

– Quel malheur ?

– Fais pas semblant de pas comprendre. Pourquoi tu nous as pas fait passer ?

– De mon temps, c'était différent.

– De quoi ? Ta frangine, elle a bien avorté. Même qu'elle en est morte. On serait combien sans les aiguilles à tricoter et les queues de persil… eh ben, dis-le, accouche !

– Vous seriez onze. Douze avec la petite que j'ai perdue en couches après Dany. Et maintenant lâche-moi le ventre, mon fils.

Cette nuit-là, il a dormi en travers d'elle. Le lendemain il a fait une TS. Il ne voulait pas mourir. Il voulait simplement ne plus entendre son monologue fielleux, les propos insanes que du matin au soir marmonnaient ses lèvres blêmes, qu'elle ne maquillait plus. Ça faisait trop de bruit pour lui. Il avait assez de son tumulte. Comme ça, pendant qu'elle s'en prenait au présentateur d'une émission télévisée, quand on n'a rien de mieux à se mettre sous la dent, il est allé aux toilettes et là, il s'est fait un cocktail maison. La petite armoire à pharmacie fixée au mur renfermait tout ce qu'il faut pour ça. Une fois avalée la potion, il s'est taillé les veines des poignets. Sur ce, il est allé se coucher, manches baissées. C'est alors que, n'ayant plus de témoins à ses invectives, elle s'est inquiétée. Et voyant que Patrick ne se réveillait pas, elle a composé le 15. Les pompiers sont venus, ils l'ont emmené à Saint-Joseph dans le coaltar complet. Le lendemain quand il en est sorti, par chance comme il y était entré, plutôt que d'aller à Sainte-Anne, comme on le lui avait conseillé, il est allé se chercher une piaule du côté de chez Andrée. J'ai bien essayé de savoir ce qu'il s'était passé ce soir-là, mais lorsque la détresse parle à deux voix, et que l'alcool les embrume, ce n'est pas facile de s'y retrouver. Chacun se fait son film, et toi, t'es comme une conne dans ton fauteuil au dernier rang.

Le rideau tombé, t'attends que la salle se vide. Et en remontant les marches dans une semi-pénombre, tu cherches à comprendre quand y a rien à comprendre. T'es juste en face d'une situation commune qui touche une certaine classe de la société. Tiens, on va l'appeler celle des Déchetoques. Les Déchetoques, tu les connais bien puisque t'en viens. C'est ceux-là qu'on a amputés de la parole, en revanche à qui on a laissé toute expression aux bras. Tu vois de qui je parle… Jadis on appelait ça les puent-la-sueur. Vu le chômage aujourd'hui, y a plus de puent-la-sueur. Et s'il en reste, ils se parfument au RMI. Ce n'est pas encore coté en bourse, mais cela ne saurait tarder. Parce que la misère paye. Oh, oui ! Elle rapporte beaucoup, et partout.

Imagine de John Lennon te passe par la tête, tu fredonnes, mais le cœur n'y est plus. T'imagines plus, tu te chiales dessus. Et personne pour te poser la main sur l'épaule. La salle est vide parce que ce genre de film, y a personne qui veut le voir. C'est un vrai film de merde, classé Q, où le père abuse de ses gosses, où la mère les tabasse, un film duquel le mot respect est exclu. Ici on laisse s'exprimer l'homme en toute liberté. C'est de l'art abrupt.

Y avait onze mois et des poussières que Christian avait mis les bouts, quand à son tour Michel nous a quittés. Il m'avait prévenue. La main sur mon épaule, il avait dit comme nous suivions le corbillard qui menait au jardin du souvenir :

– C'est mon dernier, le prochain c'est moi qui serai dans le paletot sans manches.

Y s'était pas gouré. Il aurait voulu que ses cendres soient dispersées dans la Marne où il avait tant aimé pêcher, mais elles l'ont été, comme celles de Christian, au cimetière intercommunal de Valenton. Au moment de la dispersion un avion est passé. En fixant le sillon blanchâtre à sa suite, Lulu a dit :

– C'est lui ! Il aurait tant aimé voler.

À ce moment-là nous avons tous levé les yeux vers cet inconnu qui nous survolait, mais je jurerais que peu en le faisant ont pensé à Dieu. On était de ceux qui ne croient pas.

Cette fin d'après-midi-là, après avoir bu un coup dans un rade au bord d'une nationale, on s'est séparés avec un nouveau membre en moins. Hé, ce n'est pas parce que Lulu et Michel n'étaient pas passés devant le maire que ce dernier ne faisait pas partie de la famille. Je l'aimais, mon beauf, on était de mèche. On avait un truc entre nous, un truc de ouf comme disent les jeunes aujourd'hui. Si l'on entendait par là que nos intelligences développées à l'alêne ou autres poinçons s'étaient reconnues dans l'espace intersidéral, j'acquiesce. Bref, il était parti aboyer à la lune plus haut qu'elle. Et dans ma tête la chanson de Nougaro que Lulu avait choisie tournait telle une toupie multicolore : «Ah, tu verras, tu verras. Tout recommencera, tu verras, tu verras...»

Y a un moment donné, quand on vieillit et qu'on dort chez les potes, c'est pratiquement toujours dans des chambres d'enfants. Ainsi, cette nuit-là Bernard et moi avons dormi dans la chambre des fils des Boubous, Nicolas et Cédric. Patrick, lui, reparti avec Lulu, a dormi dans le lit du mort. Quant à Lulu, elle a dormi seule, ça faisait un bon bout de temps déjà qu'elle le faisait. Fuites diverses obligent. Vers la fin Michel se vidait de partout. Vigilante, Lucette épongeait, lavait, pommadait, parfumait si nécessaire.

Ça, on peut dire que jusqu'au bout elle a pris soin de son homme, jusqu'à s'en oublier. Mais le malheur, qui lui n'oublie rien, un matin s'est rappelé à son bon souvenir. Une grosseur dans le cou sous le maxillaire inférieur du côté droit. Rien de grave, une dent sûrement. C'est vrai que ces derniers temps elle s'était un peu négligée. Je n'ai pas moufté. J'ai attendu. L'histoire de dent c'était tout vu. La dent elle avait un nom : cancer. Ça m'a été confirmé comme je montais au village :

– Cette fois c'est la gargane qui a trinqué, Dany ! La gargane, tu m'entends ?

– Crie pas, s'il te plaît !

– Je crie pas, j'te demande si tu m'entends. La gorge, Dany, comme Christian. Tu m'entends... La gorge comme mon Nonoche. Mais qu'est-ce qu'on a fait au Bon Dieu, dis-moi, Dany? Tu dis rien. Alors c'est que j'ai trop fumé et trop bu, trop fait de pipes, je suis punie par où j'ai péché. C'est ce que les gens vont dire et s'ils ne le disent pas, ils vont le penser, à commencer par notre mère. Ne lui dis rien. J'ai pas envie qu'elle me prenne la tête avec ça. Avec rien. Rappelle-moi.

Encore une fois les marches de la salle des fêtes glacées, et pas de husky ce jour-là. Depuis notre rencontre, je ne l'avais d'ailleurs plus jamais revu au village. Des bruits couraient que son maître l'aurait tué d'un coup de fusil. Les bruits courent beaucoup au village, avec quelques chiens errants, et ils sont bien les seuls. Au village les gens vont d'un commerce à l'autre en voiture. Au village, pour la plupart, les gens sont âgés. Ils sont souvent perclus de douleurs et c'est de leurs maux qu'ils parlent chez les commerçants, de leurs maux et du temps, des maux des autres, parfois de leurs petits-enfants.

Ainsi le crabe avait rattrapé Lulu, en fait il ne l'avait jamais lâchée. Il était de l'espèce des tenaces. Infatigable, patient, il avait fait son trou en elle, l'avait longuement sondée. Après le sein, il était passé par la langue, les petites lèvres de la vulve, le clitoris. Et quand il avait été las de ce corps connu, il avait décidé d'en sortir et pour ce faire avait choisi la gorge. Comme ça, par hasard, là d'où jaillit la voix. Ainsi Lulu, qui l'ouvrait constamment et pas toujours à bon escient, risquait de voir entamé cet organe dont il lui plaisait d'user. Tout comme Andrée, à qui elle ne voulait ressembler en rien, elle avait une belle voix, une de ces voix qui donnent la chair de poule, qui met en sourdine les bruits du bistro, qui fait que les joueurs de cartes posent un instant leurs jeux devant eux, une voix un peu comme une ancre, qui draguerait nos sentiments enfouis. Je me rappelle d'elle derrière son comptoir chantant le soir, chantant encore en tournant le rideau de fer de *Chez l'espérance*. J'aurais une belle voix moi aussi à ce qu'on dit. Lorsque j'étais adolescente, ma mère me faisait courir les radios crochets. J'ai même fait les «Numéro un de demain», une Star-Ac avant l'heure. Dotées de belles voix toutes les trois, on aurait pu faire un joli trio. C'est arrivé à quelques occasions, anniversaires, mariages, enterrements. Et c'était toujours la même chose, à peine Andrée avait-elle entonné un couplet qu'aussitôt Lulu enchaînait. Je prenais le wagon de queue. Pour préciser les choses, je préférais les solos.

J'ai composé le numéro de portable de Lulu, puisqu'elle n'avait pas de fixe et pas davantage d'ordinateur. Les nouvelles passaient par ce téléphone, les lettres et les cartes postales, dont elle possédait une impressionnante collection, vu les endroits où Val et moi avions séjourné. Ces cartes, elle les classait dans des albums qui portaient le nom du pays d'où elles avaient été postées. Ces cartes, elle aimait à les montrer à la famille et aux amis après les déjeuners du dimanche. Un petit coup dans l'aile, les bras écartés au-dessus de l'album, elle décollait vers de lointaines contrées.

Il n'y avait pas trois semaines que la grosseur avait fait son entrée en scène qu'un travail a appelé Val en Éthiopie. On est partis.

– Restez pas trop longtemps là-bas, a dit Lulu au téléphone. C'est loin, l'Abyssinie.

Où avait-elle été chercher ça, dans un livre d'histoire, un dictionnaire, un besoin de montrer qu'elle aussi en connaissait un bout en géographie ? Avait-elle, comme Michel, lu Rimbaud ?

– Quatre mois, c'est pas long, avais-je dit.

– Tout dépend de ce qui te reste à vivre et je n'en ai plus pour longtemps, Dany.

De là-bas je n'appelais que rarement, trop cher, trop mauvaise connexion, quand il y en avait une. Et pour dire quoi ? Alors comment se porte ta tumeur ? Profite-t-elle ? En fait je me planquais. Cela dit, j'étais toujours au rendez-vous, à l'heure. Là-dessus personne n'a jamais pu me prendre en défaut. Exacte la fille, exacte.

Ainsi étais-je à l'heure dite : 13 heures pile, ce jour du 16 février où ma sœur m'avait invitée à déjeuner avec Patrick qui n'avait plus décarré du 73 depuis la mort de Michel. En fait, à part quelques escapades, ce dernier n'avait pas quitté le lit du mort. Il s'était blotti dans le creux qu'il avait laissé. Et dors donc, et bois et mange, et survis donc. Faut s'arranger. Hospitalisée à Gustave-Roussy où elle était traitée par chimio puis radiothérapie, Lulu avait demandé une perm pour être chez elle le jour de la mort du Michel. Ça, elle y tenait ! En son absence Patrick avait pris soin de Titi.

Essoufflée, j'arrivais au 73. Il faut dire que ça avait merdé dès le matin. Je logeais chez une amie à Bastille, laquelle me confiait toujours un trousseau de clefs, sauf cette fois, et pour cause : elle l'avait égaré. Je me rappelle de ses paroles criées avec exagération dans le couloir sur un ton théâtral : surtout n'oublie rien, tu sais que je ne rentre que demain. Je m'entends dire : T'inquiète pas. Et puis j'entends claquer la lourde porte blindée. Je porte la main à ma poche, trop tard, mon portable est derrière. Je savais Lulu anxieuse. À un quart d'heure près, elle allait flipper. C'est au quart de tour qu'elle partait. Et sans direction, s'il vous plaît ! Et moi, du coup, qui connaissais le quartier comme ma poche, je me suis plantée pour aller au Châtelet. Pour dire simple, je suis partie dans la direction opposée. C'est un ami, croisé tout à fait par hasard, qui m'a remise sur le bon chemin. Mais une fois là, à la station de RER où j'ai coutume d'acheter mes billets, je tombe sur des guichets fermés. On va dire que c'était une journée mal barrée.

Arrivée à Sucy-Bonneuil, pas de taxi comme attendu. Mais, coup du bol, j'aperçois le 308 qui passe toutes les heures. Comme une seule femme, je traverse la rue, la place, la rue encore et tout ça ventre à terre pour finir par me ramasser à deux pas de l'arrêt du bus. Pour une gamelle ce jour-là, je m'en suis pris une de première ! Au point que le chauffeur du bus a quitté son véhicule.

– Rien de cassé ? m'a-t-il demandé.

– Rien, ai-je promptement répondu.

Rien, même pas mes lunettes, parties à un mètre. Une fois assise dans le bus, j'ai eu l'impression qu'à hauteur du genou du sang coulait le long de ma jambe, j'ai alors glissé une main dans celle de mon pantalon. Pas de sang. J'en ai déduit que ça devait couler de l'intérieur. Laisse couler, disait-on plus jeunes, ce que j'ai fait. J'étais tendue à l'idée d'arriver à la bourre, de ne pouvoir appeler ma sœur. Alors, en descendant du 308 et malgré ma douleur au genou, j'ai recommencé à courir. Restait un bout à faire. En chemin j'ai acheté un bouquet de renoncules roses, j'aimais cette fleur à tête lourde, qui ployait souvent sur sa tige. Elle était pour moi à l'image de ce que nous étions, beaux et penchés. Lorsque je suis parvenue au 73, Titi est venu m'accueillir à la porte. Lucette le suivait, elle avait décollé, la grande, n'en avait plus lerche sur les endos. En lui tendant mes fleurs j'ai fait mine de rien, mine que ça boume quoi ! Mine que je n'avais pas remarqué sa maigreur, ni son teint terreux, ni l'absence de lumière dans ses yeux. Mais quand je l'ai prise dans mes bras, il m'a fallu la jouer serré pour ne pas pleurer. À travers ses vêtements épais, je sentais une carcasse brisée, à bout de forces. Et pourtant, me prenant la main elle a dit :

– Allez viens, ma chérie, on va s'en jeter un coup derrière la cravate.

Titi nous avait devancées sur la petite allée inégalement dallée qui menait à la maison. Tout autour le jardin engourdi sommeillait. Elle a dit :

– Il faudrait que je m'en occupe, mais je n'ai pas la force.

– Lui l'a, il te la montrera au printemps. Et Patrick au fait ?

– Ça fait trois heures qu'il est parti acheter des cigarettes. Attends, il lave pas une cuillère, tu voudrais pas qu'il s'occupe du jardin aussi.

Lulu arrosait sa cirrhose au porto. Ben, tant qu'à faire, puisque celle-ci n'aimait pas l'eau. Moi, j'étais au champagne. Nous trinquions en attendant Patrick qui, comme prévu, est rentré bourré. Il s'est assis, a pris un jaune. C'est à ça qu'il marchait.

Lulu a augmenté le volume de la télé, c'était l'heure des infos. Je commençais à avoir les crocs. Patrick parlait avec Titi ou plutôt il marmottait sans qu'on ne sache très bien avec qui. En tout cas, avec Lulu et moi il n'en décrochait pas une. Fumait clope sur clope, tout comme elle, comme moi avant. Les cendriers débordaient de mégots et à chaque mot lâché la cendre se répandait sur la toile cirée. J'ai proposé qu'on passe à table.

– Mais on y est, a bredouillé Patrick, qu'est-ce tu veux de plus ?

– Manger, ai-je répondu.

– Moi, j'ai pas faim, a-t-il dit en se resservant un jaune, mais que ça vous coupe pas l'appétit, les filles.

J'ai vidé les cendriers, donné un coup d'éponge sur la toile cirée trouée. C'est vrai qu'au 73 il arrivait qu'on écrase son mégot à côté du récipient destiné à le recevoir. Lulu est revenue de la cuisine, brandissant à bout de bras un magnifique plateau de fruits de mer, qu'elle a fièrement déposé au centre de la table en disant :

– Les huîtres, c'est moi qui les ai ouvertes.

Je l'ai invitée à s'asseoir. Son front, ses tempes ruisselaient de sueur, gouttaient sur son visage. Si bonne comédienne soit-elle, elle laissait transparaître le masque de la certitude à laquelle chacun de nous est confronté : nous allions mourir dans six mois, dans dix, vingt ou trente ans, tout à l'heure, à l'instant, nous serions en cendres réduits ou bouffés par les vers.

Patrick a gobé une huître, sa première, pendant que Lulu extrayait difficilement un bulot de sa coquille en transpirant de plus belle. L'ensemble m'a coupé l'appétit.

Y a juste le vin qui passe. Lulu s'éponge le visage dans sa serviette. Elle pique du nez dans son assiette. Je la couche sur le lit de l'ancien mort. Elle se rebiffe, revient à table. Elle veut finir de déjeuner avec nous. Se resserre un coup et puis s'écroule la tête dans les coquilles d'huîtres. Patrick ne réagit pas, ce genre de situation lui est insupportable, face à elle il se sent impuissant. Alors il détourne les yeux, baisse les bras. Claque la porte, nous largue ! En la soutenant, je guide ma sœur jusqu'à sa chambre. Comme soudain elle me semble lourde. Ce n'est pourtant pas ce qu'elle a mangé, ni ce qu'elle pèse aujourd'hui. Je l'étends, touche ses mains, son front… pour moi elle a de la fièvre. Le thermomètre me donne raison, 38,6. J'appelle Gaby, son médecin, son ami, son confident de trente-trois ans. Il l'a examinée sous toutes les coutures, connaît chacune de ses blessures. Il dit qu'il vient tout de suite. Elle refuse sa visite. Il promet d'appeler le soir. Elle refuse. Elle me prend les mains, les siennes sont glacées, elle se redresse et me supplie de passer la nuit avec elle. Des larmes coulent sur son visage, se mêlent à la sueur.

– La prochaine fois, promis, est ma réponse.

– La prochaine fois…

Elle s'assoupit et je l'embrasse.

Et cette nuit-là dans le lit où je l'ai couchée, elle meurt

à quatre heures quarante-cinq minutes, ainsi qu'il est écrit dans son acte de décès.

Il était cinq heures quand le téléphone a sonné. Mourette, chez qui j'avais passé la nuit, a décroché. Au bout du fil c'était Bernard. Décidément. À l'annonce de la mort de ma sœur, j'ai crié : Non ! Mais c'était oui. Elle avait bien tiré sa révérence au monde, la grande, pour aller rejoindre Michel et Christian au ciel auquel il lui arrivait de croire.

Une fois bu le thé que Mourette m'avait préparé, j'ai appelé mon fils à Bruxelles. Il n'a pas répondu : trop tôt. J'ai laissé un message sur son répondeur pour lui dire que nous ne passerions pas le week-end ensemble, puisque ma sœur était morte. Et cela fait j'ai appelé Patrick pour lui dire que j'arrivais. Au Châtelet j'ai repris la fameuse ligne qui mène à Sucy-Bonneuil en me disant que je ne la prendrai plus souvent et probablement plus jamais, une fois que les formalités liées à la mort de Lulu seraient terminées. Je l'aimais bien pourtant cette ligne, une ligne d'évasion pour moi. Nogent-sur-Marne, Joinville-le-Pont, La Varenne-Chennevières et Sucy-Bonneuil et les noms des autres stations avaient perdu leur magie. Lulu les avait emportées avec elle. Au fil de ces noms familiers me revenaient nos promenades au bord de la Marne avec Michel et Titi. Un après-midi dansant dans une guinguette où la musique nous avait attirés. Lulu était en chaussons. Ça ne nous avait pas empêchées de danser toutes les deux. Michel n'en avait plus la force.

Je suis descendue à La Varenne-Chennevières, où je savais pouvoir prendre un car qui m'amènerait à Ormesson. Le jour s'installait doucement, rien n'invitait à se lever en ce matin de février humide et froid. Le montraient les volets pour la plupart fermés. Le 73 ne faisait pas exception à la règle, mais à ça j'étais habituée. Une seule fois j'avais vu les volets de la chambre ouverts (c'étaient les seuls). Ça faisait trente ans de ça. Quand, avec les royalties de mon premier livre, j'avais offert à Lucette et Michel un lit. Un grand lit, qu'il avait fallu passer par la fenêtre. Sur cet événement les volets s'étaient refermés et la chambre était retournée à sa pénombre habituelle. J'avoue qu'en m'avançant vers ce que Lulu appelait sa cabane, ce n'est pas elle gisante que j'appréhendais de retrouver, mais Patrick.

Il était cassé, baignait dans ses larmes. À tordre, il était. Le nez dans la mousse, il disait qu'il avait tout fait. Qu'aussi sec il avait appelé les pompiers. Des enculés, les pompiers ! Qui l'avaient obligé à sortir en slip et en T-shirt. Heureusement qu'ils avaient jeté Titi aussi, comme ça ils avaient pu se tenir chauds. Parce que pour cailler, il caillait ! Patrick s'en frictionnait encore les bras.

Lulu reposait sur le lit où Michel avait rendu son dernier souffle, dans la pièce que nous appelions la salle à manger. Juste à côté de la table où nous avions tous les trois déjeuné la veille. Elle était recouverte d'un drap blanc. Je l'ai soulevé. Il fallait que je la voie, que je l'embrasse. Je l'ai fait sur son front et constaté une fois de plus combien la mort est froide. Sans rien dire Patrick a claqué la porte. C'était sa façon de faire. Les vitres ont tremblé, sans s'affoler, elles avaient l'habitude. Assise au bord du lit, la main de ma sœur dans la mienne, j'ai fait le tour de son univers. La grille du jardin d'abord, nouvellement repeinte par ses soins en vert cru. Si le vert est la couleur de l'espoir, elle en avait un grand besoin. J'ai pensé à une citation de Fernand Léger : « La médecine a décrété depuis longtemps que le vert en particulier est une couleur indispensable à la vie. » De là où je suis assise je vois aussi une partie de la remise où Michel rangeait ses outils, son matériel de pêche, où elle rangeait son chevalet, ses tubes de gouache, ses pinceaux, ses chiffons, son tablier, ses toiles inachevées, quand il tomba malade. Ne peignit plus, Lulu, mais continua à faire ses heures de ménage et de repassage. Tout au black, bien entendu. Pour le reste, elle se consacra à son homme corps et âme. Autant par amour que par sens du devoir, parce qu'elle l'avait! C'est ce qui a dû prévaloir à la fin, encore que les deux finissent par se confondre. Ça donne qu'on en arrive à marcher au radar. Par automatisme. En gros on s'oublie pour rester dans un cadre, qui n'est pas celui qu'on aurait forcément choisi, loin de là, mais auquel on peut toujours s'appuyer. Regardant à la fois l'extérieur et l'intérieur de ma sœur, je me sentais un peu dans la peau d'un médecin légiste en train d'autopsier. Ce que je faisais. J'analysais les lieux, qui me parlaient de son histoire au 73, rue Jean-Jaurès, dont je savais si peu en fait. Des passages de celle-ci me revenaient par bribes décousues au travers des coups de fil, des lettres, de mes visites à Ormesson. Quand elle s'était installée ici en 1977, Lulu avait trouvé un job de femme de ménage, de nourrice et de garde-malade dans la même maison. Ses patrons, deux cadres, lui dans la banque, elle dans les cosmétiques, lui avaient laissé l'entière responsabilité de ce qui concernait la maison, les enfants et la vieille mère, qui vivait sur le même palier. Et vas-y Lulu, fonce sans penser à l'avenir. Raye le mot retraite de ton vocabulaire, t'en auras pas. Elle disait s'en foutre, qu'à la retraite déjà il faudrait qu'elle y arrive et que c'était pas sûr qu'elle le fasse avec cette saloperie de cancer. Ce truc-là, c'est comme les volcans, ajoutait-elle. Ça peut roupiller des années et puis se réveiller d'un seul coup. Et tu sais jamais où. Donc pas moyen de prévenir par un emplâtre. Tu finis que t'es pleine de cratères. Je la regardais, elle et ses multiples cratères. Cratère du sein, cratère de la langue, cratère du col de l'utérus, du clitoris, des petites lèvres et pour finir de la gorge. Pourtant ce n'est pas le crabe qui l'avait emportée, la grande, il lui avait juste dicté la marche à suivre, le tambour avait fait le reste. On appelle ça une crise cardiaque ou un infarctus du myocarde. C'est de ça qu'elle était partie Lulu, du cœur. Il faut bien trouver une cause à la mort.

Si j'étais restée, comme elle me l'avait demandé, je l'aurais perdue dans mes bras. Je ne regrettais pas d'être partie. Je n'aimais pas dormir avec ma sœur. Comme d'ailleurs je n'aurais aimé dormir avec aucun membre de ma famille. Petite, c'était bien et puis j'étais forcée. Grandie, j'en avais éprouvé de la répulsion. Il faut dire aussi que cette proximité physique faisait remonter trop de souvenirs. Les hurlements de ma mère, les coups, les multiples assauts du père. Nos corps entremêlés et toujours suants. Dressés au son du cor.

Occupée par mes pensées, un instant j'ai eu l'impression d'entendre ronfler Lulu. Elle le faisait beaucoup et pour s'en défendre disait que ronfler n'est pas réservé aux hommes. Et de se remémorer le souvenir où durant une sieste d'Andrée, avec les moyens du bord, un petit magnéto à trois sous, nous avions enregistré ses ronflements. Le soir à l'heure du dîner, elle avait eu droit au concert. Ça nous avait valu une belle volée et forcément de quitter la table tambour battant, et tout ça en allemand ! Ce qui ne m'a pas suffi pour apprendre la langue et je le regrette. Car parler la langue de Goethe, d'Hölderlin et d'autres, ne m'aurait pas déplu, loin de là.

À propos de langue, au fond de la bouche grande ouverte de ma sœur, j'apercevais la sienne. Pas une langue normale, une langue un peu racornie, qui avait frayé avec le bistouri et le reste. Une langue repliée sur elle-même, qui se tapissait au fond de la cavité buccale. Une langue qui avait peur. Qui ne pouvait plus ni galocher, ni faire une pipe. Il arrivait que Michel tape du poing sur la table de la salle à manger ou de la table de nuit. Rien n'y faisait. La langue de Lulu restait tapie. À force de la regarder je me suis dit qu'à un moment donné les morts devaient avoir mauvaise haleine. Et rapidement puer de partout. On cogne quand on a trépassé. Il paraîtrait même qu'on s'oublie, ce qui me semble plutôt sage. S'oublier avant que les autres ne le fassent. Je me penche sur ma sœur... Elle ne sent pas encore. Si elle le fait, j'ouvrirai tout en grand.

Titi saute sur la clenche, ses aboiements me tapent sur les nerfs. De l'éventail fendu de la marquise, qui surplombe la véranda, glisse une lumière grise, sorte de girandole de glycine fanée. La main de Lulu est si froide que par instants j'ai l'impression qu'elle se contracte sur la mienne.

La sonnerie de mon portable me libère de l'étreinte. La personne qui parle, une femme, fait partie de l'église. C'est rapport à la messe. Elle va passer dans la matinée pour qu'on règle les formalités. Lulu voulait une messe. Elle l'aura. Et me revoici la main dans celle de ma sœur. La télé nous fait face, sur l'écran les images défilent en silence. Les touches sur l'appareil ont été recouvertes de mastic et je n'ai pas trouvé la télécommande. Aux murs des photos punaisées parlent du passé. Sur l'une d'elles on voit mon père en soldat. Je ne peux pas m'empêcher de penser qu'il a l'air d'un con. Peut-être que tous ceux qui portent l'uniforme en ont l'air. Et si tel est le cas, mon père les dépasse tous, il en est le roi. Un con doublé d'un enculé, mais sur la photo ça ne se voit pas. Sur la photo, t'as un troufion, le fusil à l'épaule, qui sourit à l'objectif, l'air content d'aller à la baston. Là, Lulu, elle dirait que je ne suis pas juste. Elle dirait qu'il n'a pas choisi, à quoi je répondrais : N'avait qu'à déserter, ça se faisait. N'avait qu'à rejoindre la résistance.

Titi se suspend maintenant à la clenche par les dents, puis retombe et pleure à fendre l'âme. Quand j'ai promis à Lucette que si elle mourait je le prendrais, je mentais. Je voulais la rassurer. Le travail de Val nous appelait encore trop souvent à l'étranger. Et je le voyais mal, Titi, en Chine ou au Vietnam. Y se serait fait bouffer là-bas. Par contre j'emmènerai Rosalie. Ce sera une passagère clandestine entre Paris-Montparnasse et Bordeaux-Saint-Jean, où Val nous attendrait. Après ce sera la route jusqu'au Vidou et là, sans enclos, elle sera libre de rester ou de s'en aller. Ce sera la deuxième vie de Rosalie. J'aurais aimé que Lulu ait une seconde vie aussi. Je m'étais fait un film, que j'avais appelé «Après Michel». Elle, son petit gourbi, son jardin, Titi et Rosalie. Je ne demandais pas beaucoup au temps, quelques années, sept disons, un chiffre que j'aime. Ça l'aurait amenée à soixante-quinze. Un âge convenable pour la casser. Si y en a un? Un pied dans la tombe, on se raccroche, c'est connu. Le néant nous fout la trouille. On ne veut pas voir à quoi y ressemble, ni le ciel, ni les entrailles de la terre. Le néant il est moche, y refoule du goulot et d'ailleurs : il pue pareil les macchabées! On y tient, à la vie, y a pas à dire. Un entêtement bien légitime. Parce que s'il est vrai qu'on en chie, entre la naissance et la mort, selon les cas naturellement, il faut aussi tenir compte des bons moments qui nous étayent. Même malades, diminués, souffrant parfois jusqu'à l'insupportable, Christian, Michel et Lulu avaient-ils souhaité mourir? Pas une seconde! Incapables de la retenir, ils avaient simplement regardé la vie s'éloigner tout comme on le fait d'un être aimé, avec la douleur que cela suppose. Il y a des gens qui désirent mourir, je le sais. Il m'est arrivé d'en croiser. Moi-même. Mais c'est parce que je ne pouvais pas vivre ce que je voulais, que je souhaitais mourir. La mort comme une porte de sortie face à l'insupportable.

J'avais envie de boire un verre. De boire. J'avais envie de me réchauffer à la fausse chaleur que procure l'alcool. Mais j'attendais l'église et Patrick surtout, parti depuis plus de deux heures.

Il est venu le premier, pas avec une musette, mais un sac à dos. Il était chargé, le frangin. Pour en tenir une, ça, il s'en tenait une! Raide il était.

– Assieds-toi, je lui ai dit.

Faisant fi de mon invitation, il est parti à la recherche de la télécommande :

– C'est quoi, ce silence de merde ? Et puis au fait, ça t'embêterait pas de la couvrir ?

J'ai couvert le visage de notre sœur.

– En même temps, regarde sous l'oreiller. C'est là où Michel la mettait, a poursuivi Patrick, je dois faire comme lui.

J'ai glissé la main sous l'oreiller. Elle était là. Le son m'a abrutie. Il a bouffé tout l'espace de la pièce. Dérangée, la paix du jardin. La mienne. Seule Lucette a été épargnée. Patrick s'en tapait, il s'est servi un jaune, qu'il allongeait de larmes. En un rien de temps il a rempli un cendrier. J'ai proposé qu'on mange un bout. Fallait quand même.

Dans le fridge il restait un homard et des huîtres. Leur vue, leur odeur, m'ont soulevé le cœur. Je me suis rabattue sur un morceau de saucisson que j'ai mangé avec un croûton de pain rassis, appuyée à la paillasse de l'évier. Au bout du boyau qu'était la cuisine de Lulu, il y a une salle de bains, à l'intérieur il fait un froid à vous dissuader d'être propre. Voilà des années que Michel avait promis d'arranger ça. Puis les années avaient passé et c'est ainsi qu'au fil du temps la baignoire s'était transformée en débarras. On y trouvait de tout, de la brosse à chiottes jusqu'aux produits de beauté, en passant par les médicaments, les fringues et tiens, même des bouquins ! Une manne pour les chiftirs ! J'ai réitéré mon invitation à manger quelque chose, ça a pris du temps, puis Patrick a fini par me rejoindre. Si l'on peut dire. Tout de même il était là, appuyé au mur. J'avais commencé la vaisselle de la veille. L'odeur des fruits de mer m'était devenue insupportable. J'ai dit à Patrick qu'il restait des huîtres et du homard, si ça lui disait. Il a fait une moue dégoûtée, avec un croûton il a avalé le dernier morceau de fromage racorni sous la cloche. Un coup de mousseux éventé pour le faire passer. Mais ça n'a rien fait passer du tout. Tout est reparti sur ses chaussures entre ses pieds. J'ai nettoyé. J'avais hâte que l'église arrive, que l'attente finisse. Hâte de m'activer. De faire du vrai, du grand ménage dans la maison de ma sœur. Patrick s'asperge le visage d'eau... me demande si je n'ai pas dix euros. Forcément que je les ai, puisque Lulu n'est plus là pour les lui donner.

La porte de la véranda claque. Je reprends place aux côtés de la grande. Sa main me semble plus froide qu'avant. J'aurais dû apporter des gants, y a des précautions qu'on ne prend pas. Je souris à cette évocation, l'effet sans doute de la fin de la bouteille de Pouilly. Mon sourire s'élargit me voyant en train de mettre des gants à ma sœur morte. J'ai soudain eu sommeil. Ce qu'on appelle le coup de barre, et ma tête a ployé sur ma poitrine. Ai-je dormi un instant, je ne sais pas. Tout ce que je sais, c'est que Lulu est morte et qu'il me faut assumer cette absence. Cela me peine-t-il réellement ? Non est la réponse. Je n'ai pas de chagrin. Je pense même être soulagée. Sa souffrance me pesait, tout comme celle de Christian. Mais peut-être que je me trompe, peut-être ai-je seulement besoin d'ancrer cette idée dans ma tête afin d'éviter de regarder le vide par mes morts laissé.

La femme de l'église, dont j'ai oublié le visage et le nom, a fait redoubler les aboiements de Titi. La porte à peine entrouverte, il est rentré, a sauté sur le lit où reposait Lulu et aussitôt à grands coups de langue entrepris la toilette mortuaire, pendant que l'église me faisait signer des papiers et me remettait un fascicule de la Bible dans lequel je devais choisir un texte à lire avant la messe. Elle était bien aimable cette femme, discrète et tout, mais j'avais hâte qu'elle se casse. Le message est passé, la jactance terminée, elle a ramassé ses papelards presto et quitté les lieux en me souhaitant bon courage. Sur le pas de la porte elle a dit :

– À bientôt.

Bientôt, c'était le 21 à Notre-Dame-de-l'Assomption à Ormesson. Nous étions le 16. Je comptais sur mes doigts. Restaient cinq jours. Cinq jours durant lesquels nous allions ranger, débarrasser, trier. Quand je dis nous, c'est moi surtout. J'ai l'envie et la force pour. N'empêche qu'il me tarde que Bernard arrive. Il ne les a pas à la retourne, le frangin aux yeux bleus. De toute façon, yeux bleus ou pas, des manchots chez nous, y en a pas. On a deux bras et l'on s'en sert, depuis ce qu'on appelle l'âge de raison et même avant.

J'arrache Titi du lit avant que la lèvre supérieure de Lulu ne lui recouvre le nez. Dehors il fait froid, l'espace d'un instant j'imagine Patrick au petit matin à la place où je suis, en slip et en T-shirt, Titi dans les bras, cependant qu'à l'intérieur les pompiers tentent de ranimer Lucette à force de massage cardiaque et de bouffées d'oxygène.

Dans le jardin tout est figé, l'herbe, les feuilles des arbustes et des arbres, l'air lui-même. Les voisins ne montrent pas leurs nez. La mort dérange. On n'aime pas être tiré de ses habitudes.

Il me faudrait appeler Andrée, lui dire : Ta fille est morte. L'aînée tu sais, celle dont tu disais :

– Elle n'a pas plus de cancer que de beurre en branche ! Tout ça n'est que comédie. Elle a toujours été bonne comédienne. Ce qu'elle fait maintenant, ce n'est rien d'autre qu'imiter Michel.

Ce jour-là, j'avais élevé la voix :

– Tais-toi ! Tu n'as donc pas compris qu'une de tes filles est en train de mourir…

– Et moi, avait-elle répliqué, ne suis-je pas en train de le faire aussi ?

Des paroles que j'aurais regrettées m'étaient venues aux lèvres. Aussi les avais-je ravalées.

J'ai appelé et dit :

– Lulu est morte.
– Ta sœur?
– Oui ma sœur, ta fille.
– Comme ça, j'en aurais perdu deux…
A suivi un silence auquel a succédé :
– De quoi?
– Le cœur a lâché.

J'ai donné les dates, toute l'organisation des obsèques. J'ai dit que Bernard allait monter, qu'il viendrait la chercher en voiture, qu'on louerait un fauteuil roulant, qu'elle serait entourée, que Ed, son premier, qu'elle n'avait pas vu depuis vingt ans et qui ne lui parlait plus depuis autant de temps, serait là. J'ai dit tout ça. Et pour toute réponse j'ai reçu :
– Mais je suis fatiguée, ma fille, fatiguée.

Les croque-morts sont venus chercher Lulu un peu avant midi et ils l'ont mise sous housse. Adieu, Lucette. Dans ses souvenirs dispersés je cherche des photos de moi enfant. J'en ai trouvé trois en noir et blanc. Sur la première j'ai dix-sept mois, d'après ce qui est écrit au dos de la main d'Andrée. Le texte à l'encre fanée, à l'écriture penchée à droite, dit ceci : « Paris, 10 juin 1945. Pour mon petit papa que j'adore. »

Cette photo finira dans une cellule de la prison de Fresnes, où mon père purgeait une peine, dont à ce jour faute d'informations je ne connais pas la durée. Sur la deuxième photo, prise dans la cour chez ma grand-mère à Gambais, on voit Andrée et moi sur fond d'arbres. Le soleil perce la feuillée, c'est l'été, le montrent la lumière, la façon dont nous sommes habillées, robes à manches courtes toutes les deux, jambes nues. Ma mère a la main droite posée sur mon épaule, ses doigts glissent le long de mon bras. Elle esquisse un sourire tandis que j'ai l'air renfrogné. Sur la troisième photo on ne me voit pour ainsi dire pas. Je ne suis qu'une silhouette sombre qu'Ed tient par la main. Derrière nous marchent ma grand-mère et Andrée. Un peu à la traîne, chaussé de sabots de bois, un homme, le père Duval, que j'appelais grand-père. Je range ces photos dans une enveloppe sur laquelle j'écris « Gambais ». J'agis à toute vitesse. Comme si les personnages de ses photos, au moindre souffle, pouvaient s'évaporer. Il faut garder des preuves, preuves que nous avons été tels que nous sommes sur les photos. Autrement nous n'en saurions rien. Ils nous raconteraient ce qu'ils voudraient : voleurs d'histoire, c'est tout ce qu'ils sont ! et tous de mèche !

Quand Patrick est rentré comme prévu, je l'ai informé que j'avais appelé notre mère. Pour adoucir j'ai dit « maman ».

– Et qu'est-ce qu'elle a dit ?

– Qu'elle était fatiguée.

Patrick, qui apparemment l'était aussi, s'est laissé tomber sur le lit où Lulu était étendue plus tôt. Titi s'est niché contre sa poitrine, a léché ses larmes. Il connaissait le goût de celles-ci. De larmes d'hommes il avait été abreuvé.

J'étais en train de sortir du bas de l'armoire de la chambre un carton à chaussures pourrissantes quand Patrick a dit :

– C'est pas rien d'être le dernier d'une famille nombreuse, Dany. Ça augmente les chances de voir mourir ses frères et sœurs.

– C'est vrai si les choses vont dans le bon ordre. Je veux dire par là qu'il est naturel que les plus âgés partent avant les plus jeunes. Il faut l'accepter, même si ça fait mal.

– Et si on ne l'accepte pas ? a demandé Patrick.

– Il arrive qu'on en meure, ai-je répondu, c'est une maladie comme une autre.

Patrick a soupiré. Titi en a fait autant. J'ai continué de m'activer.

Dans la chambre privée de lumière depuis des années, assise par terre je triais, tentais d'y voir clair, tandis qu'aux murs le papier peint aux motifs de toile de Jouy rose poursuivait sa dégoulinade. J'ouvrirai fenêtres et volets demain, il ne faut rien brusquer et surtout pas Patrick, dont les ronflements mêlés à ceux de Titi emplissaient à présent la pièce voisine. En faisant le tri dans l'armoire entre les draps pliés, soigneusement repassés, d'où s'échappaient des effluves de lavande séchée, de moisi, je suis tombée sur une boîte carrée en alu à fond bleu, fermée au papier kraft. Sur le couvercle en lettres orangées était écrit : « Filet Bleu ». Sous cette inscription figurait un portrait de femme stylisée, qui portait sur ses cheveux noirs une coiffe blanche, d'où s'envolaient deux rubans blancs. Toujours en lettres orangées, mais en plus petit et sur deux lignes, était écrit :

« Galettes sablées

Au beurre frais »

Puis sur le papier kraft, en bleu et écrit de la main de Lucette : « Pour Dany ».

J'ai ouvert cette boîte. Elle contenait les bijoux de celle-ci, bijoux que pour la plupart je lui avais offerts. Un instant je les ai revus à son cou, à son doigt, à son poignet. Et puis regardant la photo collée sous le couvercle de la boîte, j'ai revu ma sœur à dix-huit ans. Elle était sur le quai de la gare Montparnasse, je descendais du train que j'avais pris à Vanves-Malakoff. J'avais douze ans. Deux ans et demi qu'on ne s'était pas vues. Elle avait quitté la maison après que les parents l'eurent défoncée. Elle d'abord et lui pour finir. Tout ça parce qu'elle voulait aller danser deux soirs de suite. La correction administrée… et quelle correction ! Et comme le mot est faible en considération de ce qui s'est passé. N'ayons pas peur d'employer celui de massacre. Un petit massacre en famille. Tranquille, à l'abri du regard des autres. Assise à la table de la cuisine, Lulu se faisait les ongles, j'ai jamais oublié. Andrée s'est jetée sur elle. Lucette s'est défendue bien sûr. Pour ça elle a levé les ciseaux. Alors la mère a hurlé :

– Comme ça, tu veux me crever les yeux, enculée !

Là-dessus elle a pris le balai-brosse et avant que Lulu n'ait eu le temps de réagir, visant la tête elle a commencé à cogner avec l'embout. Quand elle a été satisfaite, et comme elle le lui demandait, le père a pris le relais. Soucieux de ne pas contrarier sa femme, il envoie sa fille, à moitié assommée, valdinguer contre le radiateur, où s'éclatent le nez, la bouche, la face. Je revois tout. Je revois le sang et tout. Je revois Lulu, vacillante, partir vers la chambre des parents. Je la revois avaler un tube de médicaments, pendant qu'eux s'éloignent dans le couloir. Je les rattrape sur le palier, dis qu'elle a pris des médicaments. La réponse d'Andrée est :

– Qu'elle crève !

Puis ils descendent l'escalier. Je regarde leurs mains glisser sur la rampe. Je me penche sur la cage et crie. Andrée se renverse et crie aussi : qu'on arrête notre cinéma, que j'arrête mes conneries, si je ne voulais pas écoper moi aussi ! À l'intérieur tout était calme, Lulu était partie se coucher sur le matelas des petits qui l'entouraient. J'ai débarrassé la table de la cuisine, et m'y suis installée pour commencer mes devoirs. Peu de temps après, Bernard, tenant Christian par la main, est venu me voir. Bernard m'a dit que Lulu pleurait, qu'elle avait froid. Je m'étais rendue dans la chambre. Elle grelottait, claquait les dents, demandait : Pourquoi, pourquoi ? Tandis que sa tête roulait d'un bord à l'autre du traversin. Elle avait mal au ventre et me suppliait de la faire vomir, et les petits pendant ce temps-là sanglotaient en disant :

– Dis, Dany, elle va pas mourir, Lucette... elle va pas mourir ?

– Non, elle va pas mourir, j'ai dit.

Et là-dessus j'ai rempli une casserole d'eau froide, ai donné un torchon à chacun.

– De l'eau sur le visage, les lèvres, sans arrêt, ai-je dit, je vais chercher le médecin et je reviens.

Et sans plus attendre je suis partie, pieds nus et en chemise de nuit. J'ai couru *Chez Mado*, le bistro du coin. Le mobile-home des parents. Pas de pot, ils avaient repris la route. De toute façon, à part les insultes et les coups, il n'y avait pas grand-chose à attendre d'eux. J'ai couru de toutes mes forces jusque chez le médecin. Gérin, le seul médecin à ne pas m'avoir tripotée. Il a entendu mon message et sans hésiter a pris sa voiture. Ensemble on a monté les six étages quatre à quatre. Il a pris Lulu dans ses bras, et menu, frêle qu'il était, l'a descendue de même. Lui a sauvé la vie.

J'ai refermé la boîte à bijoux, qui jadis avait contenu des galettes sablées, au beurre frais. Et ce faisant j'ai refermé la boîte sur bien des souvenirs et notamment sur celui de nos retrouvailles à la gare Montparnasse, où sautillante elle venait à ma rencontre sur ses talons trop hauts. Un chignon retenait ses cheveux sur sa nuque, une frange ombrageait son front. Mon Dieu qu'elle était belle dans son manteau mauve cintré à la taille, que seul fermait un bouton. Elle avait au bras un sac en vernis noir, qui s'accordait avec ses escarpins. Elle m'a soulevée sans rien dire. Elle sentait bon. Ce jour-là, je l'aurais suivie au bout du monde.

Sur la photo que j'avais sous les yeux il y a un instant, tout est différent. Sur le visage de Lucette, bien qu'elle soit coiffée, habillée et chaussée pareil, la joie ne transparaît pas. Les traits se sont durcis et s'inscrivent aux commissures des lèvres deux petites rides que je ne lui connaissais pas. Comme deux fermoirs à son sourire.

J'ai su plus tard le pourquoi de ces fermoirs. Après que Gérin l'eut amenée à l'hôpital, vu son état et qu'elle était mineure, les services sociaux de la police se sont penchés sur son cas. Pas question qu'elle retourne vivre chez ses parents, ont-ils décrété. Elle a été placée dans une famille à Paris. Un couple avec trois enfants, la femme était kinésithérapeute, l'homme dentiste. Elle vivait dans une chambre de bonne au sixième étage d'un immeuble bourgeois de la rue Victor-Massé. Le matin elle n'avait qu'à descendre six étages pour aller au travail. Le cabinet du dentiste se trouvait au rez-de-chaussée, là elle servait à la fois de boniche, de réceptionniste et de secrétaire. Et entre deux rendez-vous il arrivait aussi qu'elle serve de vide-couilles à son employeur sur le lit de soin. Tout ça pour des nèfles ! Ce qu'y fait qu'un jour elle a valisé. Elle est retournée au bal de la Marine, le bal où les vieux l'avaient empêchée d'aller le fameux soir. Là elle a rencontré une pote, une copine de chaîne, qui remplissait des pots de yaourt avec elle. Riait à ce souvenir, la copine, c'était fini ce temps-là. Maintenant elle gagnait sa vie en se déshabillant : ça paye et ce n'est pas fatigant. Lulu avait tracé dans son sillon. S'était rapidement habituée à se démailloter en public. En rien de temps elle était devenue effeuilleuse au *Narcisse*, place Pigalle. C'est là qu'elle avait rencontré son premier impresario : Louis le Corse. Un dîner, deux, puis trois, toujours accompagnés de cadeaux, de parfum, de lingerie fine, de quelques bijoux de pacotille, du vent ! Au quatrième il avait proposé un boulot à Lulu. Un vrai, où elle gagnerait sa vie, de ça y se portait garant ! C'est comme ça que de la scène du *Narcisse* elle était passée à celle du trottoir. Louis le Corse avait raison : là, le public est garanti. Et c'est parti ! T'as plus qu'à te remuer le cul, Lulu. Pas feignasse, elle l'a fait. Ce qui lui a permis de voir du pays. Une saison à Dakar, une autre à Essen, une à Limoges, d'autres en Belgique, au Maroc, à la médina de Toulon, une tapée dans la Ville lumière. Ah, ça pour le remuer, elle l'a remué son panier à crottes, la grande. S'agit pas de lambiner dans la vie, disait-elle, la vie, faut la prendre à bras-le-corps. Sinon, c'est elle qui te le prend. Cette expression me faisait peur, d'autant qu'en la disant, ma sœur m'attrapait par la taille et m'enserrait entre ses bras, si fort et si longtemps qu'à plusieurs reprises j'ai craint de perdre le souffle.

Je continue mon travail de triage. Entre deux étagères, je tombe sur un cahier. Je l'ouvre et reconnais l'écriture du père. « Un enfant de l'Assistance » est écrit sur la première page. Curieuse, je lis, mais bientôt referme le cahier. La fausseté du ton lui ressemble trop. Par cet écrit il dévoile toute sa lâcheté, sa veulerie. Son impuissance à reconnaître qu'il a tué une enfant : moi. J'ai été morte, parfois ça me revient.

Je replace le cahier sur l'étagère vide.

À sept heures pile, Marie-Madeleine, que j'avais rencontrée une fois, a frappé à la vitre de la véranda. Elle était chouette, Marie. Une femme chez qui Lulu faisait le ménage et avec qui elle était devenue amie. C'est elle qui, lorsque Patrick, perdu, a appelé à cinq heures du matin, est accourue au 73 en chaussons et robe de chambre. Elle nous invitait à dîner et dormir chez elle cette nuit et celles qui suivraient jusqu'au jour des obsèques. Je l'ai remerciée, j'ai dit que je viendrai, mais que pour Patrick je ne garantissais rien. Je lui ai promis de lui téléphoner après avoir parlé avec lui. Avec Patrick, il est vrai qu'on ne savait jamais. Il changeait d'avis comme de chemise, vu qu'il n'en avait pas beaucoup, au besoin il en empruntait à d'autres. Pour ça il avait ses méthodes. Marie est remontée dans sa voiture le visage dans son châle. Elle traverse une mauvaise passe, Marie-Madeleine. À cinquante-quatre ans, l'homme avec qui elle était mariée depuis trente-cinq la larguait. Il se cassait avec une copine voisine qui, les beaux jours venus, aimait bien passer sa tondeuse à gazon en maillot de bain, pendant que Marie, elle, ne s'intéressait guère à l'entretien du jardin, qu'elle laissait volontiers à son mari. Elle, c'était les livres, le tricot. L'encadrement sans cesse renouvelé des photos de Laure, enfant morte à cinq ans. Des photos de cette petite fille, il y en avait partout, jusque dans les toilettes. C'en était suffocant. Marie tricotait pour Laure des robes, des gilets, des gants, des chaussettes, des bonnets que, lorsqu'il faisait froid, elle allait déposer sur sa tombe.

C'est dans la chambre de Laure que j'ai dormi, dans son lit d'enfant, entre ses peluches. Patrick avait choisi de ne pas venir, prétextant que Titi avait besoin de lui. Dans la nuit Marie-Madeleine est venue me caresser le front et la tête, j'ai fait semblant de rien. Mais quand au matin le jour a percé les stores vénitiens, qu'elle avait fermement baissés, j'ai soufflé.

Le lendemain Bernard est arrivé sur le coup de treize heures. Il s'est étiré en disant :

– Comme ça, la famille se réduit encore.

Puis il s'est plus ou moins laissé tomber sur une chaise.

Patrick lui a raconté comment ça s'était passé. Il a dit avoir entendu un cri, une plainte, y sait pas trop. Un appel au secours, ça, c'est clair. L'appel de quelqu'un qui allait mourir, mais ce n'est qu'après qu'il a réalisé. Jure qu'il a agi au plus vite, qu'il a appelé le SAMU, les flics, les pompiers. Il jure. Je servais à boire.

J'ai baissé le volume de la télé. Patrick est comme la mère, comme Lulu, comme toutes celles et ceux qui ne supportent pas le silence à cause du bruit qu'il fait remonter. On a fini nos verres et puis on a levé le pied. Marie-Madeleine nous attendait pour déjeuner. On arrivait au bout de la rue, hier encore celle de Lulu. Il faisait frisquet. Bernard menait la marche, les mains enfoncées dans un cuir qui avait appartenu à Michel. Patrick, qui traînait la patte, assurait que ce blouson-là et ce qu'y avait dans les poches d'ailleurs, Michel l'avait gagné au poker d'as. Il était fort à ce jeu, les dés, il savait les lancer. Même chose avec les frangines, y avait qu'à voir Lulu, Lulu, sans lui, qu'est-ce qu'elle serait devenue, branleuse de clebs, c'est tout. Au moins aujourd'hui elle avait un statut de femme de ménage. Pas déclaré, et alors? Payé quand même ! Ça compte. Raisonnement contestable qu'il arrivait aux deux hommes de tenir, sans qu'ils soient nécessairement ivres. Ce genre de propos était courant au 73, où Lulu ne se laissait pas faire. Aux coups elle répondait : Kif, kif ma pomme. Seulement voilà, des coups y en a qui t'envoient au tapis. Faut recoudre. Ça prend du temps de cicatriser. Puis une fois qu'on l'a fait, le doigt sait toujours retrouver la trace. Le chemin de la cicatrice, lui, il le connaît.

Arrivés chez Marie on a mis les pieds sous la table, comme normal. Comme normal on a parlé de mort. C'est là où Patrick a broyé son verre. Le sang s'est mêlé au vin.

– On se calme, a dit Bernard, en entourant les épaules de son frère assis à côté de lui, on se calme et on respire… Pense à elle.

– Je fais que ça bordel ! a rétorqué Patrick.

Là-dessus il s'est levé. La porte a claqué derrière lui. À son tour Bernard est sorti. Il a appelé son frère, l'a exhorté de revenir. Marie, elle croyait en Dieu, alors elle a dit :

– Patrick, attends, elle est au ciel maintenant.

Patrick ne s'est même pas retourné. Il s'est barricadé au 73 avec Titi, jurant de tout faire sauter si on s'approchait de la cabane. Il a fallu bien de la patience et de la force de persuasion, de la mansuétude aussi, à Bernard pour convaincre Patrick de lui ouvrir la porte de la véranda, qu'il lui aurait été facile d'enfoncer d'un coup d'épaule.

La porte une fois ouverte, sans faire le moindre commentaire, je m'étais réfugiée dans la chambre. Et là, en faisant le moins de bruit possible, j'avais continué de déblayer le chantier. Trier, ici jeter, là garder. Avant tout, faire le vide au plus vite. Malgré ma frénésie de rangement, il m'arrivait parfois de relever la tête et par la porte entrouverte d'observer mes deux frères attablés devant la télé allumée. Ils avaient chacun un verre à la main. Bernard buvait à petites gorgées, pendant que Patrick le faisait à grandes rasades.

– Lève le pied, sinon tout à l'heure tu vas déraper.

– Je conduis plus, je me suis fait sucrer mon permis. T'as oublié ? C'est moi qui bois, c'est toi qui as des trous de mémoire… Remarque, chez nous y en a beaucoup des trous : Papa, Christian, Michel, Lulu maintenant. On pourrait jouer le prochain aux dés, qu'est-ce t'en penses ?

Sans attendre la réponse, Patrick a sorti la piste de quatre-cent-vingt-et-un. Les dés ont claqué au creux de sa paume.

– Le plus petit commence…

– Vas-y.

– Tu veux pas tirer ?

– Non. Je joue pas à ce jeu de cons.

– T'as pas une idée ?

– Non. Parce que pas plus que la vie, la mort n'a ses papiers en ordre. Regarde ce que fait Dany maintenant. Elle trie.

Et sur ce, Bernard a vidé son verre, écrasé son cigarillo, pour me rejoindre dans la chambre.

Nous avons travaillé une bonne partie de la nuit, épinglant, agrafant, jetant le plus possible. Bernard était d'accord. Le volume de la télé au maximum, Titi autour de son cou pareille à une étole, Patrick s'était finalement endormi.

Ed arrivait le lendemain. Bernard se serait bien passé de cette visite. Des années, je ne les comptais plus, qu'ils ne s'étaient pas vus. Je ne dirais pas non plus qu'ils étaient des frères ennemis, à moins que… Je connaissais mal leur histoire. Patrick avait raison, il y avait des trous de mémoire dans notre famille. D'ailleurs il y en a dans toutes et on les comble comme on peut. Entendez par là que certains s'y jettent.

Cette nuit-là, dans le lit de Laure, entourée de ses peluches, comme on le ferait d'un puzzle, j'ai tenté de reconstituer une partie de l'histoire d'Ed et Bernard. Vers la fin des années soixante, Ed quitte Paris, sa femme et leur petite fille âgée de deux ans, pour descendre s'installer à Toulouse où il a l'intention avec un ami de monter une entreprise de plomberie. Au début, tout nouveau, tout beau, et puis le vent tourne. Et nos deux entrepreneurs se retrouvent face au tribunal, chacun accusant l'autre de tentative d'escroquerie. Ou quelque chose d'approchant. Toujours est-il qu'il y a procès. Un procès qu'Ed perd pour des raisons que j'ignore. Ce que j'apprendrai plus tard, c'est que ce procès perdu ne permettra plus à mon frère aîné de se mettre à son compte. C'est alors qu'aux abois, ayant une belle somme d'argent à rembourser à son ex-collaborateur, il fait appel à Bernard. Oh, il ne lui parle pas de la sombre merde dans laquelle il se trouve, non, non, il lui loue les charmes de la campagne, du petit village où il vient de s'installer dans le Lot. Les superlatifs se succèdent pour exalter les attraits du lieu, une perle au cœur de Quercy, où la vie s'écoule douce entre les rives de la Célé et du Lot. Quant à la pêche, n'en parlons pas, à peine lance-t-on sa ligne que ça mord. Pareil pour les affaires, ça manque de plombiers par ici. Ils pourraient faire équipe ensemble... ? À l'époque Bernard avait vingt-deux ans et était pompiste à Choisy-le-Roi. La campagne, ça le bottait. Il y avait longtemps qu'il en rêvait. Mais qu'aller y faire, qu'offrait-elle, la campagne ? Et puis c'était pas tout, y venait juste de se marier. Et sa femme, grandie en HLM, se ferait-elle à la campagne ? Qu'elle appelait d'abord la cambrousse. Cette idée trottait dans la tête de Bernard, partir, ne plus sentir l'essence, ni sur lui, ni dans le lit, ni sur le corps de Martine. Et puis là-bas y serait patron, puisque Ed lui avait demandé de mettre l'affaire à son nom. Avec le procès à la con dont il avait fini par parler, mieux valait ne pas prendre de risques. Et c'est comme ça que Bernard est devenu patron et qu'au bout du compte Ed l'avait niqué. Quatorze ans, ça avait duré, deux ans de plus que leur différence d'âge. Et pendant ce temps-là, Martine elle, loin de ses parents, de son HLM, s'était fait chier ferme. Après la naissance de sa première, victime de dépression postnatale elle avait des mois marché au radar. Le café au lait du matin, accompagné de tartines beurrées, devant la télé en pyjama, s'éternisant jusqu'à midi. Atone, elle était, Titine. Le cœur, la tête, les seins sur les genoux, tout. Elle avait toujours entendu autour d'elle le mot allaitement associé à celui de bonheur. Il s'était révélé que dans son cas, l'association avait été allaitement et douleur. L'impression d'avoir le bout des mamelons coupés. Mutilée, amputée d'une partie de ses seins, voilà comment elle se sentait. Et condamnée à vingt ans à vivre dans le 46 jusqu'à fin de ses jours, près d'un beau-frère qu'elle détestait, voire qui la répugnait. Un beau-frère qui, toujours sans frapper, faisait irruption dans la maison qu'ils louaient. Que souhaitait-il surprendre? Ainsi avait-elle vécu des années avec l'œil d'Ed collé au trou de la serrure, sa présence derrière la porte de la chambre à coucher. Ça n'aide pas à s'envoyer en l'air.

« Cellule 46 », en sueur j'avais ouvert les yeux. Consulté l'heure sur mon portable. 7 h 20. Ed serait bientôt là. Il avait une sale histoire sur le paletot, le frangin, une histoire de petite fille de deux ans qu'on tripote. Une petite fille dont sa femme Josépha, nourrice agréée, avait la charge. L'enfant avait grandi repliée sur l'indicible. Ce n'est que quand à son tour elle avait été mère que la parole avait jailli. Le temps avait rattrapé Ed, qui attendait maintenant de passer aux assises. Bernard n'a accepté de le revoir que parce que notre sœur était morte. Comme quoi la mort, qui sépare, peut aussi réunir, le temps au moins des funérailles. Si bien qu'en ce matin de février, où tombaient mêlés de pluie quelques flocons épars, nous nous sommes retrouvés devant le 73, sur notre 31, prêts à accompagner Lucette à sa dernière demeure, ainsi que l'avait dit la femme de l'église.

En matière de logement Lulu n'avait jamais été bien exigeante et j'étais à peu près sûre que l'urne en acier bleu ciel qu'avait choisie Marie-Madeleine lui conviendrait. Mais en attendant que son corps si beau et si martyrisé ne soit réduit en cendres, nous allions embrasser son front, ses joues, ses lèvres au choix, une dernière fois. J'aurais aimé qu'on lui laisse sa natte de vieille Chinoise, avec quelques cheveux ondulant sur les tempes. Mais ils ont tout lissé et c'est une crinière blanche qui encadre son visage éteint. Elle a enfin l'air vieux. J'entends dire autour de moi qu'elle a fini de souffrir. C'est vrai, là-dessus y a rien à redire. Elle a fini de manger son pain noir. Me v'là la seule fille de la fratrie. Et si j'ai une boule dans la gorge, ça passera comme le reste. Tout passe.

C'est le moment de mettre de la musique, de celle qui vous remue les tripes, qui vous dit que cette chanson-là, la voix aimée ne la chantera plus jamais. Qu'elle ne fredonnera plus cet air. Je me tourne vers Bernard, on a tout oublié sur la table de la salle à manger. C'est ainsi que pour partir Lulu aura droit à une musique insipide, qui aura l'avantage de pas nous tirer de larmes. Cela a dû m'aider, puisque j'ai réussi à lire le texte de la Bible d'un trait, sans trébucher, comme si je me trouvais sur une scène de théâtre. Bien droite dans mon pardessus noir. Ni mes yeux ni ma voix n'étaient embrumés. Les mots sortaient clairs de ma bouche. J'évitais seulement de regarder le public. Surtout mes frères au premier rang, et en particulier Patrick, que cette cérémonie semblait encourager à donner libre cours à son chagrin. Ses épaules tressautaient. Tout lui. Il n'était plus que tressautements, larmes et morve. La messe sert peut-être à cela, ai-je fini par penser.

La cérémonie terminée, est venu le moment des serrements de mains, des embrassades, des témoignages de sympathie. Mais pas d'à bientôt, ni d'à la prochaine. Non. Les habitants du 73 avaient mis la clef sous la porte. Et eux partis, nous n'avions plus rien à faire dans le coin. Les voisins, les connaissances partis, on s'était retrouvés entre nous, je veux dire par là, Ed, Bernard, Patrick et moi, les Boubous, Marie-Madeleine et son amie Malika, Marie-Laure, une pote de Michel et Lulu, dont le mari était mort quelques mois plus tôt du sida. Ça devait lui rappeler des souvenirs.

L'endroit ressemblait un peu à un hall de gare. Partout y avait la queue, pour le crématorium, la chapelle, les toilettes. Et quelle que soit la destination, partout la mine était la même : morose et pensive. À croire que chaque mort nous remet au pas. Mais ce n'était pas tout ça, c'est qu'en silence les estomacs geignaient. Faim, soif, des mots qu'on ne prononce pas quand on vient de voir réduit en cendres un être cher. On piétine sur le parking où on se les gèle. En plus, à l'heure qu'il est, tous les restaurants sont fermés. Et moi, personnellement, j'en ai marre des casse-dalle d'après-mort. J'ai envie de m'attabler, de boire et de manger. De parler, de rire, de chanter les chansons destinées à Lulu, que nous avons oubliées sur la table. Envie de respirer. L'impression d'une enclume sur ma poitrine. J'en fais quoi ?

Marie-Madeleine a proposé qu'on aille manger chez le Portugais sur l'avenue, sans préciser laquelle. Malika a dit qu'il ne servirait plus à cette heure-là. Il était deux heures et demie passées. On verra bien, a répliqué Marie-Madeleine. Quand on est arrivé, toute la famille était à table. Et autant dire qu'autour d'elle, il y avait du monde. Presque autant que nous. Je n'ai pas compté, mais au moins dix. Sans faire ni une ni deux, le patron a lâché ses couverts, sa femme pareil. Et en un rien de temps nous nous sommes retrouvés dans une salle en sous-sol, où des ouvriers portugais finissaient de casser la croûte. Parce qu'ils connaissaient bien Lulu, les patrons nous ont présenté leurs condoléances, avant de nous offrir un verre de vin de leur pays. Après l'avoir sifflé, Patrick a commandé un jaune. Puis on a tous opté pour une entrecôte, soit frites, soit salade, ou encore les deux. Comme la cuisson de la viande variait plus ou moins selon chacun, on n'a pas forcément mangé ensemble. Mais de concert nous avons souvent levé nos verres en souvenir de Lulu. Je n'ai pas chanté. Chanter des chansons qu'elle aimait m'apparaissait soudain comme la voler. Il y avait quelque chose d'indécent là-dedans.

On a passé pas mal de temps à table, des souvenirs sont remontés, des bons et des mauvais. Un instant nous avons attablé nos morts, qui se reconnaissaient fort bien, riaient avec nous, comme on le fait d'une mauvaise farce, avant de retourner à leur néant. Était-ce l'émotion, le chagrin, la fatigue des jours passés, le vin portugais, je ne saurais dire. Toujours est-il que, bien que présents, je ne les voyais pas. Leurs enveloppes avaient disparu. D'eux, seule restait la voix. C'est grâce à elle qu'ils renaissaient, que je pouvais reconstituer leur image. Grâce à elle, ils bougeaient à nouveau, parlaient, exhalaient des odeurs. Agréables ou désagréables, qu'importait, ils étaient. Maintenant le plus dur restait à faire : aller voir la mère.

Ah, la mère ! Et c'est comme ça que Bernard au volant, Patrick, Ed et moi, on a mis le cap sur le 20e, direction le 180, rue Pelleport, une EHPAD, établissement d'hébergement pour personnes dépendantes. Allez, appelons ça un mouroir, une réserve de vieux pour la plupart indigents et ayant perdu une grande partie de leur autonomie. De leur mémoire. Andrée résidait là depuis quelques mois. Avec l'accord de tous, c'est moi qui avais pris la difficile décision de la faire placer dans ce genre d'établissement. Il n'y avait pas d'autre issue, elle était devenue ingouvernable, dangereuse pour elle et pour les autres. Un jour, la psy, avec qui j'avais un contact régulier où que je sois, m'avait appelée. Andrée avait balancé son verre à la figure de la femme de ménage. Il fallait agir, ce que j'ai fait. J'ai enfermé ma mère, participé à son brutal sevrage. On pourrait dire que je l'ai poussée au trou, parce que privée de son jaja et de son porto, elle déprimait dur. Je lui en ramenais en douce quand je passais par Paris. Et je lui disais toujours, sachant que cela ne servirait à rien :

– Gardes-en un peu pour demain.

Je ne l'avais pas prise en traître, elle était prévenue. Je lui avais dit :

– Vas-y doucement maintenant, mollo, Andrée. Quitte pas l'avenue du Maine, parce qu'après ça va plus être la même. Tu vas te retrouver bouclarès.

Elle n'avait pas entendu. Elle avait écouté le Chinois, son médecin, qui l'avait envoyée en maison de repos, clinique des Cheminots, à Ris-Orangis. Elle voulait être près de Patrick, elle y était. Ris, Savigny, c'est à deux pas. Deux pas que Patrick ne faisait pas. Ce genre d'endroit lui foutait le cafard. Faut dire que la maison de repos en question s'était révélée être l'unité psychiatrique de la clinique. Dédé voulait sortir de là, seulement voilà, elle y était enfermée pour trois mois. Ce qu'elle avait demandé et signé contre mon avis. De connivence, le Chinois et la directrice de la résidence du Maine avaient bien travaillé. Il ne voulait plus s'occuper d'Andrée, me l'avait dit, tandis que la directrice ne souhaitait qu'une chose, qu'elle dégage. Faut dire que des pensionnaires comme elle n'étaient pas de tout repos. Toujours à chercher des noises, que ce soit aux infirmières, aux autres pensionnaires, ou aux aides-ménagères, dont elle changeait presque toutes les semaines.

Ne marchant à présent que difficilement, c'est en fauteuil qu'elle se déplaçait de sa chambre à l'ascenseur pour descendre au réfectoire qu'elle détestait.

– Ne pas choisir ses voisins de table et s'entendre refuser un quart de vin, quelle avanie, ma fille !

J'ai baissé la vitre, je ne supportais plus l'atmosphère enfumée de la voiture.

–Y caille, a dit Patrick.

– Et moi j'étouffe.

– C'est comme moi, a dit Ed, moi, la cigarette depuis que j'ai arrêté, je ne supporte plus.

– Moi c'est pas ça, c'est quand c'est clos. Ça m'enferme deux fois, tu vois.

– Je ne vois rien à part qu'y caille. Tu voudrais pas remonter ta vitre ?

J'obtempère, me laisse enfumer comme les abeilles. On ne va plus tarder à arriver. Sur les trottoirs les gens se pressent, comme dans les films muets d'autrefois. C'est du moins ce qu'il me semble. Je compte les numéros. On approche du 180.

Face à la porte verrouillée, j'ai appuyé sur le bouton. Derrière la vitre une négresse, comme dit Andrée, tout habillée de blanc, nous a ouvert. On se connaissait toutes les deux, elle était de Madagascar et laissait passer les bouteilles. S'inclinant, elle a murmuré :

– Sincères condoléances.

À ce moment-là on aurait pu penser que c'est Andrée qui venait de claquer. Dans le hall qu'éclairait une lumière terne, se trouvaient assis des pensionnaires des deux sexes. Une fois de plus j'ai eu l'impression d'être prisonnière d'un aquarium où les poissons étaient figés. Pas une main ne bougeait ou, quand elle le faisait, elle tremblait, même chose pour les lèvres. Le regard était rare. On a pris l'ascenseur. De l'air enfin pour moi, malgré l'exiguïté des lieux. Une fois au quatrième j'ai frappé, puis, après une certaine attente, ouvert la porte du 405. Andrée était assise dans un fauteuil, l'unique, face à sa télé hurlante. Elle portait la même robe noire que le jour des obsèques de Christian. J'ai tout de suite remarqué que le gris avait pris le pas sur le noir. Il allait me falloir sans tarder lui en acheter une autre. Peut-être la dernière, vu que le temps passait et qu'elle ne sortait plus.

J'ai déposé les courses sur la table.

– Alors? a-t-elle demandé.

– Elle n'a pas souffert, tout s'est passé très vite.

– Elle est morte dans tes bras, Patrick?

Il n'entend pas, ne veut pas. Il est sorti fumer sa clope sur le balcon. Même dans les maisons médicalisées y a des échappées.

– Et toi, mon Ed, mon premier, ça fait tant d'années…

– Laissons le passé derrière, maman.

– Comment faire? a soupiré Andrée.

Puis en ouvrant les bras, avec un autre soupir, tant ce geste semblait lui coûter, elle a ajouté :

– Mais ne restez pas debout, asseyez-vous!

J'ai eu une impression de déjà-vu. La scène se passait après les funérailles de Christian dans son studio de l'avenue du Maine. Je me suis assise au bord du lit. Ed l'a fait d'une fesse sur le bras du fauteuil dans lequel elle était, Bernard a servi à boire avant de s'asseoir sur la paillasse de l'évier. Patrick est resté debout, bras croisés, comme pour se tenir. On n'a pas levé nos verres bien haut. On a juste esquissé le geste.

– Comme ça, j'en ai plus que quatre, a dit Andrée en nous regardant tour à tour, trois garçons et une fille… Il aurait mieux valu que je parte avant eux… C'est insupportable pour une mère de perdre ses enfants. Vous ne dites rien?

Elle avait posé sa main noueuse, déformée par l'arthrose,

sur l'avant-bras de Ed, l'étirait contre son poignet autant qu'elle le pouvait. Semblait prendre plaisir à ce geste, plaisir qui a pris fin quand elle a atteint le coude.

– C'est cuit, a-t-elle dit, mes doigts ne s'étireront plus comme quand je te langeais. Tu dis qu'il faut laisser le passé derrière… C'est bien beau. Mais à quoi penserais-je, si je ne pensais pas au passé ? Au présent, allons donc, il est bien trop triste et je n'ai même plus le droit de boire pour l'oublier. Un quart de vin le midi et encore quand on n'oublie pas de me le donner. Sans compter que la nourriture, nom qu'elle ne mérite pas, est immangeable, de la merde, je vous dis. De la merde dont les cochons ne voudraient pas. Proposez-leur ça qu'ils détourneraient le groin. Les cochons savent ce qui n'est pas bon, leur force sur nous, c'est qu'ils le montrent.

Elle s'est interrompue pour finir son porto d'un trait. Puis elle s'est resservie, sa main tremblait. Elle me faisait de la peine, elle nous en faisait à tous, mais aucun d'entre nous n'était capable de trouver les mots, les gestes pour aller au-devant d'elle. La distance était trop longue, trop ancienne.

– Enfin si vous dites qu'elle n'a pas souffert, a-t-elle ajouté en reposant son verre, c'est déjà ça.

J'ai sorti de ma serviette une enveloppe de photos récupérées dans les tiroirs de Lulu, la lui ai tendue.

– C'est quoi ?

– Des photos.

– Quelles photos ?

– Des photos de famille, sauf qu'on n'est jamais tous sur la même.

– Je veux pas les voir.

– Tu disais tout à l'heure à propos du passé…

– Le passé qui m'intéresse, c'est celui que j'ai dans la tête, ma fille, pas celui des images.

J'ai remis l'enveloppe dans ma serviette. Nos verres étaient vides, le temps était venu de lever l'ancre. Andrée s'est levée avec nous. Soutenue par Ed, elle nous a accompagnés jusqu'à la porte de sa chambre. Appuyée au chambranle, elle a agité la main droite en signe d'au revoir, jusqu'à ce que les portes de l'ascenseur nous dissimulent à son regard. Nous descendions, fuyions, pendant qu'elle, triste et hébétée, fixait le couloir vide.

Il y a un an maintenant que Lucette est partie, comme certains disent. J'ajouterais en fumée. Je ne suis jamais retournée à Ormesson, ni n'ai jamais revu Marie-Madeleine. Mes efforts pour ce faire ont été sans effet. Sans doute avait-elle besoin de tourner une page d'une histoire, dans laquelle j'étais entrée par hasard, mais ne le fait-on pas constamment ? Quoi qu'il en soit, j'ai rayé de la carte la ligne du RER A. Parfois, pourtant, les stations me repassent dans la tête comme des extraits de films. Je revois la noirceur des tunnels jusqu'à Vincennes et puis soudain la lumière, des pavillons, des bouts de jardins, des chiens sur leurs pattes arrière accrochés aux clôtures, des merles, un jeté de velours sur la verdure naissante, ou l'ambrée des feuilles d'automne. Il faudrait que je refasse la ligne jusqu'à La Varenne-Chennevières ou Sucy-Bonneuil. Je le ferai, je ne sais pas quand, mais je le ferai. J'irai jusqu'au cimetière d'Ormesson. Le gardien me reconnaîtra. Il dira une blague, il en a toujours de bonnes. Peut-être se prépare-t-il ainsi à rejoindre ceux sur qui il veille. Veille-t-il d'ailleurs ? Mais non, il ne veille pas, voyons. Il gagne sa vie en attendant sa mort. Comme nous tous. Il ne faudra pas que je tarde trop si je veux retourner là-bas pour du bout des doigts caresser l'urne une dernière fois. Marie-Madeleine a prévenu, arrive le moment où il faut renouveler, faute de quoi l'urne disparaît. Ce serait dommage de faire le voyage pour me retrouver devant une urne qui renfermerait des cendres qui ne seraient pas celles de ma sœur, quand je peux faire ça dans n'importe quel columbarium. Réflexion faite, je ne retournerai pas à Ormesson. Je ne ferai rien renouveler. Car à quoi bon une urne avec des cendres ?

Je préférais penser à celles de toutes les cigarettes qu'ensemble Lulu et moi avions fumées.

Tant qu'il y a eu de l'eau, du gaz et de l'électricité au 73, Patrick est resté chez Lulu. Et je crois que même sans ces commodités il l'aurait fait. Il ne se résolvait pas à quitter les lieux, ni Titi, ni Rosalie, laquelle ne se montrait pourtant pas. Sous terre, peinarde, elle attendait le printemps. Que ne pourrions-nous en faire autant? C'est la photocopie d'une lettre que m'a adressée Marie-Madeleine en Éthiopie, où j'avais été rejoindre Val qui y travaillait, qui l'a obligé à partir. Cette lettre du notaire de Lucette disait que l'étude de généalogie Coutot Roehrig avait retrouvé l'unique héritière de Michel. Il avait en effet une fille avec qui il n'avait plus de contact depuis plus de trente ans et pas une seule photo pour ranimer sa mémoire. Tout ce dont il se souvenait, c'est qu'un jour en rentrant du boulot il avait trouvé le logis vide. Plus de femme, plus de fille et pas un mot. Le vide absolu, entier, celui qui remplit tout l'espace. Pour le combler Michel avais mis la bouteille au centre de la table. Oh, ce n'était pas nouveau, mais c'était de plus en plus courant. Tout ça considéré, l'héritière allait hériter. Il allait falloir que Patrick dégage et fissa encore ! Sinon c'est les forces de l'ordre qui allaient venir le déloger.

– Qu'elles viennent, a dit Patrick dans un premier temps, en armant un des fusils de Michel, qu'ils viennent, ces enculés, et je les allume, après je flingue Titi et je finis par moi.

Au final il a placé Titi chez une copine à lui, puis il a repris la route de Savigny-sur-Orge. Bien bon, son pote Raymond lui a rouvert sa porte. Des coups de boule, il en avait marre. Ils ont refait gourbi. Chacun sa pièce et chacun sa télé. Il arrive qu'on se croise pour pisser, chercher une bière dans le frigo, taper une clope à l'autre. Et après ça, on referme la porte. On picole chacun dans son coin, persuadé que demain sera pire qu'aujourd'hui. Et alors faut quand même y aller. On se passe le visage sous l'eau, on se brosse les dents. Si demain ne nous sourit pas, il faut bien que nous le fassions à sa place et avec les dents propres de préférence ! Demain a de grandes exigences. Il attend tout de toi, y compris que tu ne baisses jamais les bras. Demain est un tyran qui te veut debout, jusqu'au bout. Les répits, pour lui, sont du temps perdu. Des temps morts. Il invite à bouger constamment, quitte à se griller les ailes. À mettre le feu au bitume, à l'éteindre également. Demain a ses humeurs, qu'il faut sagement écouter. De toute façon, demain nous surprendra toujours. Je sais qu'il peut m'être néfaste et pourtant je l'attends avec la patience d'hier, un désir certes différent. Nos aspirations changent au fil du temps. Néanmoins je l'attends, comme on attendrait une amie, Godot, le métro, jusqu'au dernier.

Lucette Andrée, c'étaient les deux prénoms de ma sœur, à sa mort nous avait laissé à chacun un petit pécule. Pas moins de vingt-quatre mille euros, autant dire une infinité d'heures de ménage. Sur cette somme huit étaient revenus à Andrée, le reste avait été réparti entre Ed, Bernard, Patrick et moi. Depuis Addis-Abeba, j'avais adressé un courrier au notaire de Lucette, lui demandant expressément de ne pas virer cette somme sur le compte de notre mère, laquelle était en attente d'une mise sous tutelle vu son incapacité à gérer son argent, et que j'arrivais sous huitaine. Pas de problème, il a répondu d'une voix rassurante. D'une voix de notaire. Résultat, de la sueur que ma sœur avait laissée à notre mère, quand je revins, il ne restait plus rien. Tout avait été bouffé en huit jours. Attends, bouffer huit mille euros en si peu de temps quand on ne sort pas de chez soi, faut le faire !

En entrant dans la chambre de ma mère j'avais l'intention de lui demander des comptes. Ça se fait. Elle était assise dans son fauteuil devant sa télé qui gueulait. Après l'avoir embrassée, je me suis assise au bord du lit et j'ai dit :

– Il faut qu'on parle, Andrée.

– De quoi, ma fille ?

– De ta part de l'héritage de Lulu. C'est parti où ?

Elle ne savait pas. Se tordait les mains, jetait des coups d'œil à ma serviette, histoire de se rassurer sur le fait qu'il y avait bien une bouteille dedans. Elle jugeait ça au renflement du cuir. Elle savait estimer le contenu sans ouvrir, une, deux, rien ?

– Andrée, ai-je dit pour la ramener à ce qui me préoccupait, y se sont pas envolés quand même !

– Mais de quoi parles-tu, ma fille ?

– Si tu pouvais baisser un peu peut-être on s'entendrait mieux.

– Le machin marche plus. J'ai demandé à Patrick de me le changer, mais il a oublié. Tu peux éteindre si tu veux.

J'ai éteint et pour qu'elle arrête de lorgner ma serviette, j'ai sorti la bouteille, me suis rassise au bord du lit.

– Andrée, y a une dizaine de jours, un peu plus de huit mille euros ont été versés à ton compte. J'ai parlé avec l'administrateur.

– Tu veux dire l'abruti d'en bas ?

– L'abruti, si tu veux, et moi, on est allés à la poste

ensemble, mais comme je n'ai pas de procuration de ta part, je n'ai pu obtenir aucun renseignement. Où puis-je trouver ton dernier chéquier?

Andrée s'est redressée, a mis ses deux poings serrés sur la table. Un geste que je reconnaissais. Un geste toujours suivi de fracas et de cris. Mais là, il n'y en a pas eu. Elle a juste dit :

– Ah, ces enfants qui refusent de voir vieillir leurs parents.

À bout à ce moment-là, j'ai mis le projecteur et j'ai dit :

– Gaspille pas ton souffle et dis-moi où est ton chéquier.

Elle a fait un geste du bras en direction de l'armoire-penderie.

– Regarde dans mes sacs dans le bas du placard.

Il y avait un tel fouillis là-dedans, un entassement de vêtements, de sacs en plastique et autres, de chaussures, de papiers, de livres, les miens, que rien qu'à l'idée de me pencher dessus j'ai eu mal à la tête. Faut dire que j'étais sujette à ce genre de maux.

– Tu as toujours eu mal à la tête, disait Andrée, tu tiens de ton père. Y avait pas un jour où il n'avait pas mal au crâne, pas un! Et rien pour calmer ça, rien! Il restait des heures attablé, la tête dans les mains et les yeux fermés. Vous vous ressemblez comme deux gouttes d'eau.

Je me serais passée du compliment, à moins que ce ne fût un reproche. Puis qu'importait.

Accroupie, dans mon dos j'entendais couler le porto. À force de fouiller j'ai finalement trouvé un carnet de chèques qui datait de 2007. J'en ai feuilleté les talons. Aucun ne portait la moindre information. Il était passé où le pognon? Le chéquier à la main, j'étais retournée m'asseoir au bord du lit.

– T'as rien écrit sur les talons.

– Mais qu'est-ce que tu voulais que j'écrive ? Je suis pleine d'arthrose, regarde donc mes mains comme elles sont déformées, regarde-les !

Disant cela, elle me les avait tendues une fois de plus et je n'avais pas pu les prendre. Cependant j'ai accepté de reprendre un verre avec elle. L'alcool délie la langue, dit-on. C'est peut-être pourquoi la mémoire était doucement revenue à Andrée. Quelques jours avant mon retour d'Éthiopie, Patrick était passé la voir avec un copain. Kiki, si je me rappelais de lui. Un gentil garçon. De l'époque du Blanc-Mesnil… Je me rappelais ou pas ? Oh, et puis qu'est-ce que ça faisait. Ils étaient venus et comme elle n'avait plus rien – reproche déguisé, en l'art duquel elle excellait – ils lui avaient gentiment proposé d'aller lui faire ses courses. Pour ce service, elle leur avait fait quatre chèques en blanc.

– Pourquoi quatre et pourquoi en blanc ? avais-je demandé.

– J'en sais rien moi, ma fille, comment veux-tu que je sache le montant des courses. Je n'ai plus l'habitude de les faire, tu sais. Les prix changent, et le monde avec.

– Mais ces chèques, tu les as signés, ai-je dit en agitant le chéquier.

Elle a de nouveau tendu les mains vers moi :

– Et comment, avec mon arthrose ?

J'avais posé le chéquier sur la table et après avoir embrassé Andrée, j'étais partie. Une fois dans la rue, comme j'avais coutume de le faire quand elle habitait avenue du Maine, j'avais levé les yeux vers son balcon, mais elle n'y était pas. À ce balcon elle n'avait jamais été et ne serait jamais, n'avait plus la force, ni l'envie. Désormais sans ressort, elle restait clouée dans son fauteuil devant la télé. Ce jour-là j'ai dévalé la rue de Belleville avec une fois de plus le sentiment de me soustraire à son emprise, d'échapper à je ne sais quel maléfice. Depuis le début elle était un poison pour moi. Et Dieu sait si le poison a ses attraits. Un temps toujours.

Celui-ci passé, vient la révolte, l'inavouable désir de souhaiter la mort de celle qu'hier on adorait. Mon dilemme en fait, c'est que j'aurais voulu adopter ma mère. L'aimer, la choyer, réparer l'enfant à l'envers que pour moi elle était. Mission impossible. Et cela constaté, je pouvais toujours la soutenir. Elle pouvait toujours s'appuyer sur moi. Ce qu'elle n'a jamais manqué de faire. Et qui explique, qui sait, ma petite taille. Cela dit, je ne regrette aucunement mon mètre cinquante-quatre. Je me suis prise d'affection pour cette petite fille, qui d'une certaine façon refusait de rejoindre le monde des grands. Mais par moments, j'admets que j'ai le squelette qui craque. Trop lourd, rien d'expliqué, va donc ! Trouve ton chemin. J'essaie. Plus je grandis, plus elle prend du poids. C'est lourd. J'en reviens à avoir des pensées mortifères. L'enfance, toujours elle. Un pays dans lequel elle m'a larguée à poil. Pareille à la sangsue, elle m'a vécu dessus. Sans moi, elle n'aurait jamais connu le confort. Elle m'a portée neuf mois, moi je l'ai portée toute ma vie. Parce qu'elle était restée cette enfant à l'envers née de mon imaginaire, sorte de poupée désarticulée, dont rien ne tient ensemble. Et chez qui chaque membre, chaque organe est interchangeable. Je la regardais se débattre dans sa détresse. Elle me faisait plus pitié qu'autre chose.

On n'a plus jamais reparlé du pognon de Lulu. La vie a suivi son cours, nous avec, sans la grande. Au chômage, Patrick s'est acheté une voiture. Et quant à Kiki, on n'a plus jamais entendu parler de lui. L'affaire des chèques en blanc a été étouffée. Comme tant d'autres.

Il y avait trois mois que Lulu avait lâché la rampe quand Ed était passé aux assises. Il avait écopé de cinq ans, dont deux ferme et trois avec sursis. Arrêté à la barre, il avait directement été conduit à la maison d'arrêt de C. Les pédophiles, c'est connu, n'ont pas la vie facile en prison. Ed risquait de l'apprendre à ses dépens. Car si les murs ont des oreilles, ils ont des bouches aussi et les nouvelles circulent vite au placard. Sans compter que les comportements parlent.

Qu'est-ce qu'y faisait dedans, pépé, lui que dehors on appelait Carbone 14 ? Il n'avait pas braqué une banque, c'est plus possible ; arraché le sac d'une vieille ? Non, si Carbone 14 était là, c'est parce que ça sentait la petite fille négligée. Cette terrible expression que j'ai tellement entendue me révolte aujourd'hui comme hier. Elle reflète le fantasme qu'ont certains hommes de la petite fille qui ne se lave pas le « bas ». Avec cette histoire les égouts remontent et ça coince ! Cette affaire me donne la nausée. Lors du procès, des extraits de mon premier livre, *La Dérobade*, avaient été lus par le bâtonnier. Je n'étais pas là pour entendre, mais j'avais appris par la presse que le mot inceste était souvent sur les lèvres.

Inceste, un mot tabou chez nous et partout. Un mot qui résonnait comme celui d'une maladie honteuse, d'une tare qu'on planque. Le psychiatre qui s'était occupé d'Ed parlerait de culture incestueuse dans le milieu d'origine. Je ne sais pas très bien à quoi ça rime. Et après, ça excuse quoi ? Un homme adulte avait abusé d'une enfant de deux ans, voilà tout ! C'était un malade. Et quant à sa femme, qu'avait-elle dans les yeux ? Ma mère, et toutes les mères du monde, qui laissent violer leurs enfants sous leurs yeux, qu'ont-elles dedans ? La peur des coups, d'être quittées, de ne plus savoir où aller ? L'arrangement, pendant que tu t'occupes de la petite, tu me laisses tranquille.

Quand l'affaire avait éclaté, j'avais demandé à Lucette, Bernard et Patrick de taire cette histoire à notre mère. Elle était âgée, à quoi bon l'accabler de ce nouveau malheur ? D'autant que dans ce domaine elle avait eu son compte. Elle avait beau se pomponner, se parfumer, s'habiller et se coiffer avec soin, derrière il y avait l'autre, la brisée. Celle qui en avait vu des vertes et des pas mûres. Je l'avais bien cuisinée à ce sujet, mais tout ce que j'avais obtenu en retour c'est que le beau-père et d'autres lui avaient montré leurs bazars. Et après ? Rien. Comme si après lui avoir montré, ils avaient refermé la boutique. À ce sujet pas moyen de lui faire ouvrir, à Andrée. Elle la bouclait, son visage se fermait, grinçait des dents. Et si ça avait pu tomber, ça l'aurait fait. La main lui démangeait encore. Lui démangerait jusqu'à la fin. Les gifles et autres coups, elle avait aimé en donner. On soigne son mal comme on peut.

Malgré ma consigne de ne rien dire à Andrée, Patrick a vendu la mèche. Il a lâché le morceau sans forme, sous le prétexte que de la même façon qu'ils l'avaient fait chez Bernard et chez moi, sans prévenir les gendarmes pourraient venir frapper à sa porte pour lui dire qu'ils souhaitaient l'entendre à propos d'une affaire concernant son fils

Ed C. À cette annonce le cœur allait flancher. Patrick en était convaincu et c'est pour cette raison qu'il avait pris les devants. Il ne voulait pas que sa mère meure, cette pensée lui était insupportable.

À la suite de cette histoire, j'étais montée à Paris voir Andrée, qui me harcelait au téléphone. À peine franchi le seuil de son studio, j'avais entendu crier :

– Fous, ils sont tous devenus fous ! Dire ça de mon premier, c'est pas possible ! Il s'agit d'une cabale montée contre lui. Ces gens-là veulent du pognon, c'est tout ! Et puis comment la mémoire est revenue tant d'années après à la salope qui l'accuse ? Déjà, se rappelle-t-on de quoi que ce soit à l'âge de deux ans ?

J'ai déposé les courses sur la paillasse de l'évier. Je connaissais la musique, c'était la même que celle qui avait accompagné mes premiers pas. Non, on ne se rappelle pas de grand-chose à deux ans, en revanche on peut être une salope. De ça oui, on se rappelle parce que nos tourmenteurs ne nous laissent pas le choix.

– Enfin, ma fille, disait Andrée tandis que je rangeais les provisions, ton frère n'aurait jamais fait ça ? Ed, mon premier... ai-je mis un monstre au monde ?

Non pensais-je, tu as mis au monde un malade. Comme l'était ton mari. Comme tu l'étais toi-même. On t'avait bousillée, tu trouvais naturel d'en faire autant. Je te plains, Andrée, je te plains. Mais, tu vois, aujourd'hui en ce qui te concerne, j'ai le cœur presque aussi sec qu'une écorce d'orange qui serait restée trop longtemps au soleil. Tu m'as trop fait attendre.

Mon rangement terminé, j'ai servi un porto à Andrée.

– Tu ne vas rien prendre ?

J'ai fait non de la tête. Et je me suis assise au bord du lit. De là, je regardais boire ma mère. Elle le faisait sans plaisir. Alors la pensée m'est venue qu'elle n'en avait plus pour longtemps et qu'après un long et douloureux chemin elle allait quitter ce que, parlant de la vie, elle appelait une vallée de larmes.

Il y a maintenant un an et trois mois que Lucette est morte. À un an et trois jours près, Andrée a fait pareil. Elle a glissé dans son fauteuil, face à la télé au dire du médecin et de la directrice de la résidence Belleville. Ce serait le cœur qui aurait lâché. Si on veut imiter, elle avait fait fort ! Elle venait d'avoir 90 ans le 14 février, le jour de la Saint-Valentin, la fête des amoureux, le jour où les fleurs coûtent toujours plus cher et dont elle n'était jamais contente. Maintenant c'était classe. Les dernières seraient sur sa tombe.

C'est encore en montant une côte, celle qui mène à la gare de Meudon, que j'avais appris la nouvelle, par la bouche de Titine cette fois. La directrice de la résidence Belleville, ignorant que celle-ci était divorcée, avait appelé à son domicile, pensant y trouver Bernard. Val était en voyage et moi en vadrouille. Patrick n'avait pas de fixe et son portable était toujours sur répondeur. Ed était en prison. Les mains tremblantes j'avais aussitôt composé le numéro de la résidence.

La directrice m'avait demandé si je voulais voir ma mère. Et que si tel était le cas, il fallait que je fasse vite. On n'allait pas pouvoir garder le corps indéfiniment. Le train arrivait juste. J'ai sauté dedans comme on dit. À Montparnasse je me suis engouffrée dans le métro, le moyen le plus rapide pour arriver là-haut. Le voyage m'a semblé long. Dix-huit stations entre Montparnasse et Télégraphe, avec changement à Châtelet. Et pendant que je courais les couloirs sur des tapis diplodocus, la mère refroidissait. On ne va pas garder le corps indéfiniment, s'était permis de dire la directrice. J'avais hâte d'arriver, hâte de lui dire au revoir de la part de tous ses enfants, les morts et les vivants. Hâte de refermer sur sa dépouille la porte où figurait son nom. La directrice m'a accompagnée jusqu'à son studio.

Andrée reposait sur un brancard accolé à la kitchenette, vêtue de son unique robe noire en coton, rendu pelucheux par trop de lavages, de temps. Les bras croisés sur la poitrine, l'air farouche, elle semblait encore dire :

– C'est toi qui m'as mise là. C'est à cause de ce que tu as écrit, qu'ici et là-bas j'ai été maltraitée. Tu es fautive, ma fille, fautive ! Et tu le sais.

Oui je sais, je suis fautive d'abord d'être née fille. Ensuite de ne pas être devenue folle ou de ne pas m'être suicidée, enfin d'avoir écrit ce qu'il faut taire à tout prix. À savoir qu'un père peut abuser de sa fille de onze ans et ce jusqu'à sa majorité, vingt et un ans à l'époque, sans que personne dans l'entourage ne pipe mot. J'entends au premier chef la mère, l'école, l'assistante sociale, le médecin, les voisins et tout le saint-frusquin ! C'est vrai qu'elle avait l'air farouche, Andrée. Elle était partie en rogne, comme elle avait vécu.

Quelques jours plus tôt, comme à presque tous mes passages à Paris, je lui avais rendu visite. À cette occasion, elle m'avait remis un médaillon de jade rehaussé d'un motif en argent, figurant deux dragons luttant, cadeau que je lui avais ramené du Vietnam. Pour accomplir ce geste, sentait-elle sa fin proche ? Sur le coup, j'avoue ne pas y avoir pensé, vu qu'elle avait toujours peur qu'on la vole. Mais maintenant, la regardant, j'avais la conviction qu'elle avait senti, que ce geste était un adieu. En me rendant ce bijou que je lui avais offert autrefois, elle disait : Garde-moi. J'avais glissé le médaillon dans une des pochettes de ma serviette, d'où depuis il n'a pas bougé.

J'ai demandé à la directrice de me laisser seule un moment. Après qu'elle s'est retirée, je me suis penchée sur Andrée et, convulsivement, en énonçant dans l'ordre les prénoms de ses enfants, j'ai embrassé son front glacé. Des yeux, j'ai fait le tour des lieux. Au mur près de son lit étaient punaisées quelques photos de ses petits-enfants, que dans l'ensemble elle n'avait vus que très rarement, et puis comme perdue au milieu du mur derrière la télé, une photo d'elle seule, en noir et blanc, qui la montre assise sur le bord d'une barque, mains posées sur le bois que l'on devine chaud, jambes croisées. Elle porte une jupe claire et une marinière à rayures décolleté bateau. Elle sourit à l'objectif. Derrière celui-ci c'est Lulu. Elle avait alors vingt-deux ans et Andrée quarante-deux. C'était à Sanary en 1960. À l'époque j'avais seize ans. Je fréquentais Jean-Paul, un garçon qui était dessinateur industriel chez Renault, avec lequel j'allais prochainement me fiancer. De mon côté, j'étais en centre d'apprentissage, section vendeuse-étalagiste. Ma mère absente, je vivais provisoirement seule avec mon père. Mes jeunes frères étaient placés. Patrick et Bernard en nourrice, Christian en institut médico-pédagogique.

Je n'ai pas eu le temps de m'attarder sur ces souvenirs puisque bientôt on a frappé à la porte énergiquement, à la façon dont on réveille les vieux.

– Entrez, ai-je dit.

La directrice l'a fait, suivie de la sous-directrice. La première, regardant la dépouille d'Andrée, a osé :

– Elle est belle, n'est-pas ?

Devant mon peu d'empressement à répondre, elle a fini par ajouter :

– Enfin.

Bon, et maintenant que cette page-là était tournée, je veux dire celle de la constatation de la mort d'Andrée, d'elle refroidie, et ce pour l'éternité, il s'agissait de passer aux choses pratiques.

Quand allais-je pouvoir vider le studio des affaires personnelles de ma mère ? Je n'aurais pas à le faire, a répondu la directrice, la maison s'en chargerait. Entre-temps l'administrateur est entré. Celui qu'Andrée appelait l'abruti d'en bas. C'était un homme dans la trentaine, grand, corpulent. Il avait les traits mous comme la main qu'il m'a tendue pour me présenter ses condoléances.

– Soyez tranquille, a-t-il dit. Vous recevrez prochainement une lettre du Trésor public, afin de régler la succession.

Quelle succession ? De quoi parlait donc l'administrateur ? Des quelques bijoux que j'avais offerts à ma mère, de mes livres dédicacés qu'elle cachait dans le bas d'un placard, derrière un monceau de chaussures qu'elle ne portait plus, de quelques pauvres nippes, dont un manteau en faux vison à jamais condamné à rester suspendu à son cintre, de bibelots sans valeur, d'une télé louée ? Ne parlons pas des dettes, dont j'avais tout un dossier. Ah, elle était grosse la succession ! Valait bien la peine que le Trésor public s'en mêle.

– Mais les photos, ai-je dit. Les photos, mes livres ?

La directrice, la sous-directrice et l'administrateur se sont consultés du regard.

– Les photos seulement, a été la réponse de la directrice.

J'ai enlevé les punaises qui fixaient les photographies au mur, elles ont rejoint celles que gardait Andrée dans une boîte à chaussures. Nos albums de toujours. Quand j'ai eu terminé, la directrice a demandé :

– Et celle derrière la télé, vous ne la prenez pas ?

– Non, ai-je répondu.

Sur ce, après avoir jeté un dernier coup d'œil à Andrée, j'ai quitté ce qui avait été sa chambre à la suite de la directrice, de la sous-directrice et de l'administrateur. Une fois dans son bureau, la directrice m'a dit qu'elle avait contacté les pompes funèbres, qu'il serait souhaitable que j'y passe en sortant afin de régler les formalités. Elle m'a tendu une carte de visite, disant :

– Vous avez le plan au dos, c'est tout près.

Une fois dehors, j'ai appelé Bernard. Il était sur le tractopelle, m'entendait mal

– Parle plus fort, disait-il.

– Arrête le moteur, répondais-je.

– J'peux pas, je suis sur un chantier. On se rappelle dans un moment.

– Maman est morte.

– Qui c'est, qui est morte ?

– Maman.

Le bruit du moteur du tracto s'est finalement tu. J'ai dit à Bernard que je m'occupais de tout et que je le tiendrai au courant. Et maintenant le plus dur me restait à faire : annoncer à Patrick la mort de sa mère. J'ai regardé une dernière fois la façade du 180, rue Pelleport, un certain balcon au quatrième étage, et puis j'ai poursuivi mon ascension.

Voilà, c'était fini, je n'appuierai plus jamais sur la sonnette du 180, rue Pelleport. Je ne lèverai plus jamais les yeux sur le balcon de la chambre 405 du quatrième étage. Chapitre clos. Si l'on peut jamais clore un tel chapitre. En remontant la rue Pelleport j'avais beau me dire qu'elle n'avait pas mal fini, Andrée, assise dans son fauteuil face à sa télé, j'aurais quand même bien aimé voir car, comme elle l'aurait dit, on vous raconte ce qu'on veut dans ce genre de baraque ! Partie d'une façon ou d'une autre, elle nous avait quand même évité bien des tracas pour une fois. Parce qu'il y en a, faut voir, ça vous fait un de ces boucans avant de lâcher prise. Non, avec Andrée, ça n'avait pas été le cas. Après avoir crié toute sa vie, elle avait mis les bouts en silence. Et de ce silence j'étais pleine. Mais il s'agissait d'un silence apaisant, réparateur, qui entre autres vertus avait celle de nous redonner la parole, de nous proclamer enfin libérés. Quel souffle ! Il avait fallu que ma mère meure pour que je le retrouve. Ça avait pris soixante-cinq ans.

Avenue Gambetta, une fois située la boutique des marchands de cercueils et de ce qui va avec, j'ai été déjeuner, c'était l'heure. J'avais repéré une brasserie à deux pas. La brasserie Chantefable, laquelle proposait des spécialités du Sud-Ouest. Sans hésiter j'en avais poussé la porte. L'endroit était plein à craquer. Guidée par une charmante serveuse, je m'étais attablée à la terrasse vitrée. Et après avoir consulté la carte, j'avais commandé une salade landaise et un pichet de sauternes. Je crois qu'il faisait beau, était-ce le vin, l'émotion, la fatigue, le tout mêlé... qu'il me semblait que les passants marchaient nimbés de soleil ?

C'est en quittant l'établissement que j'avais appelé Patrick. Pour une fois il n'était pas sur répondeur. La surprise d'entendre sa voix si vite, la réticence que j'éprouvais à lui annoncer la mort de notre mère, a eu pour effet que j'escamote le début de ma phrase. Ce qui fait qu'au lieu de dire maman est morte, j'ai dit :

– Mais elle n'a pas souffert.

Cris, suivis de silence. La communication était provisoirement coupée.

Les démarches nécessaires au bon déroulement des obsèques d'Andrée accomplies et pour qu'Ed puisse y assister, j'ai adressé à la responsable des permissions une attestation sur l'honneur par laquelle je me portais garante de la prise en charge de mon frère Ed. Ces obsèques auraient lieu le 24 avril 2008. Elles commenceraient par la mise en bière à 8h30 à la chambre funéraire de Ménilmontant, Paris 11e. Levée du corps à neuf heures. Inhumation le même jour à dix heures au cimetière parisien de Thiais, route de Fontainebleu. C'est orthographié comme ça dans l'attestation de convoi.

La route de Fontainebleu, avec la mer au bout, la Méditerranée qu'elle aimait tant... On en était loin ce 24 avril 2008. Pas de bleu ce jour-là, ni en haut, ni en bas, que du gris. Avec ça, un petit vent vicieux qui s'infiltrait sous nos vêtements, provoquant des reniflements, des clignements d'yeux, des frissonnements et des soupirs, dont l'interprétation était laissée à chacun. On était là, une poignée d'âmes dans cette nécropole plate, hérissée de croix, où la plupart des fleurs, contrairement à ceux pour qui elles avaient été déposées, ne mouraient jamais. Leurs couleurs passeraient simplement. Nous étions huit. Ed, qui avait obtenu sa permission de sortie et que, comme convenu, j'étais allée accueillir le matin à la gare d'Austerlitz à 6h55. Autrement il y avait Bernard, toujours dans le même costard, accompagné de Risomette, Patrick, les fidèles Boubous, le conseiller funéraire et moi, c'est tout. Y avait que nous face au trou, où des inconnus qu'on appelait autrefois des croque-morts et qu'aujourd'hui on nommait plus couramment des employés des pompes funèbres, descendaient Andrée dans la fosse. Cependant que des pelletées de terre étaient jetées sur son cercueil, me revenait un drôle de truc. Andrée me disait qu'elle voulait donner son corps à la science. Et moi, cruelle, je répondais :

– Rêve pas, tu sais bien qu'y a un âge pour ça.

Enfin, quand tout a été fini, les gars des pompes funèbres ont mis dans un vase acheté à la va-vite le matin chez Rebillon un bouquet de fleurs de la part des enfants de la morte, de Mimiche et Chanchan, puis posé à côté, enveloppé de cellophane, un bouquet du 180. Le cimetière étirait maintenant ses allées sous une pluie fine. Il était si grand, ce cimetière, que je ne saurai jamais y retrouver la tombe de ma mère.

On s'est dit au revoir sur la route de Fontainebleu. Et cela fait, chacun est parti de son côté. Ed a suivi à regret le conseiller funéraire, qui lui proposait de le raccompagner à la gare d'Austerlitz. Le col de son blouson relevé, la clope au bec, Patrick est parti sous la pluie, pendant que Bernard et Risomette ont repris la route vers le sud, et les Boubous le chemin de Bagneux. Et moi celui de Meudon où, fidèle au poste, m'attendait Mourette, qui avait pris sa journée. Elle serait bien venue aux funérailles d'Andrée, comme à celles de Lulu, seulement y avait Patrick, et Patrick elle ne voulait absolument plus le revoir. C'était dix ans de sa vie en négatif comme elle disait, dix ans de bourres, de pifs et de coquarts. Entre quinze et vingt-cinq ans elle avait dégusté ! Et si quelques années plus tard, comme elle avait eu la faiblesse de le revoir, je n'avais pas été présente, je ne pense pas qu'elle serait mère d'une fille de vingt ans aujourd'hui. L'enfant qu'elle portait, il aurait su lui faire passer. Pour ça quelques coups de pompes dans le ventre auraient suffi. De la graine de bougnoul, en plus ! Un petit-gris, t'imagines, un beurre ! Au secours, je meurs ! se répétait chaque jour en se rasant Patrick. Ruminait, le frangin. Une chance que j'aie été là le fameux soir, moi la seule femme de la famille sur qui il n'avait jamais osé lever la main. Parce qu'Andrée et Lulu, elles avaient écopé. Faut dire aussi qu'elles le cherchaient. C'est vrai qu'y a des moments où elles attigeaient dur. Alors ça tombait, normal. Ouais, c'est comme ça qu'il pensait le matin, Patrick, en se rasant. Il pensait mal. Moi, je pense qu'il avait mal aussi. Et ça, ça ne datait pas d'aujourd'hui. Ça datait du début. Du 19 mars 1956, jour où il avait vu le jour. En allant vite, on dirait que ce jour-là il faisait mauvais. Ça arrive.

Six ans ont passé depuis la mort de Christian, quatre depuis celle de Michel, trois depuis celle de Lucette, deux depuis celle d'Andrée. Un an plus tard, à quelques jours près, Bernard, après avoir divorcé d'avec Martine, s'était remarié avec Risomette. Cette dernière travaillait dans une association de réinsertion dont la vocation était de nettoyer la nature, qui s'appelait Théorème. Un beau projet qui avait commencé, était-ce une coïncidence, par débarrasser, curer, l'Avance, une rivière, des déchets qui nombreux y étaient déversés. Quand j'avais posé la question à Bernard, il avait haussé les épaules. Tout ce qu'il savait c'est qu'après le boulot, Risomette avait du mal à se séparer de l'équipe dont elle était responsable, une demi-douzaine d'hommes, qui tous avaient quelque chose de commun, inscrit tant sur l'expression de leurs visages que sur leurs corps. Ils étaient chômeurs, une maladie comme une autre, et chaque soir, après un vague boulot sans blague, ils se retrouvaient à *L'Écluse* au bord de canal du Midi. Et là, faute de se bourrer les poches, y se bourraient la gueule. Le comptoir servait de bastingage. Et Risomette s'y accoudait de plus en plus souvent, depuis que Patrick, invité par elle, était descendu à

Casteljaloux. Là, elle allait lui trouver un logement, au début il bosserait à l'asso au black, pendant ce temps elle s'occuperait de ses papiers, de tout ce qu'il avait à la traîne. Et Dieu sait s'il en avait des choses à la traîne ! Entre eux ça avait commencé le jour de l'enterrement d'Andrée, au cimetière de Thiais. Et pour ce que j'avais vu, ça avait continué le jour du mariage. À chaque regard que furtivement Patrick levait sur elle, la mariée devenait plus belle. Elle rayonnait. Prévenante, dès que son beau-frère sortait fumer sur le pas de la porte, elle lui apportait son verre, s'en grillait une avec lui. Il pleuviotait et alors qu'est-ce que ça faisait ? Appuyés au mur de la maison, elle dans son jean blanc clouté et son blouson pareil, ils fumaient ensemble, face à la place déserte, au centre de laquelle, sur son piédestal, les bras croisés sur la poitrine et regardant le ciel, la Vierge Marie souriait. Pendant ce temps dedans on bâfrait, le rosé aidait à faire passer la paëlla, on rigolait, sauf les belles-filles, au nombre de quatre, qui elles faisaient franchement la gueule. Le fils se joignait à la « joie » collective. Quant au marié, à part ricaner, il ne s'exprimait guère, parlait de tout et de rien, tout en jetant régulièrement des coups d'œil vers la porte. Au bout d'un certain temps, il est sorti s'en griller une aussi, mais côté cour. Avec Dock, un boxer que Risomette lui avait offert quand il avait pris sa retraite. Un chien, ça tient compagnie, ça occupe l'esprit. Ça tient chaud aussi. Bernard, qui affectionnait particulièrement cette race, passait ses après-midi au lit avec sa bête. Ainsi allait la vie. La semaine, Patrick travaillait avec Risomette et les week-ends, quand il faisait beau, et c'était souvent, ils allaient tous les trois à la pêche au bord du Lot. Et quand Patrick tombait à l'eau, comme emporté par le poisson qu'il venait de ferrer, cela faisait rire Risomette. Ah ! ce n'est pas Bernard qui se serait jeté à l'eau pour elle ! Ça, jamais ! Lui, sorti de son ordinateur, des siestes avec son clebs et de son journal télévisé, de ses ronflements assourdissants quand elle ne fermait pas l'œil, dans le rôle de l'éteignoir il était parfait. N'empêche que la plupart du temps, après la pêche, c'est gaiement qu'ensemble on déployait la nappe. Tout bien posé sur celle-ci, on commençait par l'apéro. Ensuite on se tapait la cloche, et puis à trois heures sonnées, repus, on s'étendait dans l'herbe jusqu'à ce que le soleil avant de se coucher ne fasse dans un dernier étirement miroiter les feuilles de ses éclats mystérieux. Alors on reprenait la route, engourdis, silencieux. Y avait que dedans que ça faisait du bruit.

Risomette a très vite trouvé un logement à Patrick rue de l'Église à Casteljaloux. Un chouette petit studio au rez-de-chaussée, situé sur deux niveaux. Le coin cuisine en bas, avec toilette et douche et la chambre dans la mezzanine. À partir de là, on pourrait dire que les choses se sont précipitées. En effet, prétextant que Patrick n'avait pas de voiture, Risomette filait aux aurores vers Castel. Et puis ne fila plus dormir chez elle. Au bout d'un mois et demi d'attente, Bernard a demandé le divorce. Risomette a regimbé. Une retraite de mille trois cents euros par mois, quand t'en gagnes cent de moins, ça met du beurre dans les épinards ! Bernard s'est accroché, n'a rien lâché. Avant de quitter la maison du village où il avait rêvé de finir ses jours en paix, il a fait le vide. Tout ce qu'il avait apporté, il l'a repris : vaisselle, outils. La salope n'aurait rien ! Il avait tout donné pour qu'elle avance avec son association. En guise de remerciement elle l'avait fait cocu et pas avec n'importe qui, avec son frère ! Il l'avait trouvé saumâtre, le frangin. En quelques battements le cœur de Bernard avait pris un coup de vieux, et lui avec. Cependant, il n'y avait eu ni mots ni coups entre les deux frères. Bernard avait simplement demandé à Patrick de l'oublier. De toute façon disait-il, depuis ce lapin qu'il lui avait posé le soir de Noël, c'était plus pareil. Il se revoyait le verre à la main, assis comme un con face aux deux douzaines d'huîtres qu'il s'était fait chier à ouvrir. Après deux whiskys-Coca, il avait téléphoné à Patrick toujours sur répondeur. Et pour cause, il passait Noël avec Risomette et sa fille Laura, quinze ans, descendue de Corbeil pour les fêtes.

Trois mois plus tard, j'étais chez des amis à Coublevie et nous marchions dans la forêt pénétrée d'un soleil qui faisait luire la frondaison naissante, adoucissait les troncs roides des arbres encore empêtrés dans leurs carcans hivernaux : c'est là, dans cet espace vierge et paisible, que mon portable a sonné, la voix de Risomette y a résonné comme un coup de tonnerre :

– Appelle Patrick, il va très mal !

J'ai appelé : répondeur. J'ai rappelé, même chose. Alors j'ai composé le numéro de Bernard.

– Appelle Patrick, ai-je dit, et s'il ne répond pas, va le voir, Risomette dit qu'il va mal. Parle avec ton frère, je t'en prie, et rappelle-moi s'il te plaît.

– OK, a dit Bernard, OK.

On a quitté le chemin pour prendre un sentier qui grimpait, où l'ombre régnait. Les branches s'étant entrelacées de part et d'autre formaient une sorte de voûte sous laquelle il devait faire bon s'arrêter en été. Mais pour l'heure j'avais hâte que nous regagnions la lumière. J'attendais l'appel de Bernard, qui est venu après minuit.

– Ça y est, a-t-il dit, il a réussi. On l'a retrouvé pendu aux barreaux de sa mezzanine.

A suivi un silence… entrecoupé de sanglots, de paroles tout juste audibles. Assez cependant pour que le décor bascule, que le petit logement de la rue de l'Église, coquet, bien situé, reste à jamais pour moi un lieu de cauchemar. Patrick était parti sans un mot, ni dit, ni écrit. Il avait refermé son beau bec de poisson sur une communication impossible.

Sa langue hors de sa bouche, pendait bleue. Lui aurait-il plu de parler cette langue-là ? La langue bleue, celle qu'on n'a pas apprise, qu'on avale dès né : La ferme ! Ta gueule ! Ça avait pris du temps, mais maintenant, Patrick, il nous la tirait, de toute sa hauteur en plus ! On continue avec un pendu dans la tête, qui oscille sans cesse. Il est là, obsédant. Ses pieds, qu'il a déchaussés, ne toucheront plus terre, de même que sa tête ne sera plus jamais dans les nuages. Elle a rejoint sa poitrine. Tant ployée, et ce depuis si longtemps, qu'on pense qu'elle va s'en détacher, que le corps va tomber. On tend les mains. On se ramasse, on se prépare à la chute. Mais le corps demeure suspendu, à jamais figé dans la pénombre frigide de la pièce où les menus bruits se sont tus. Sauf celui du réveille-matin.

Pas davantage que Christian et Dédé, Patrick n'avait pris de disposition pour ses obsèques. Il allait encore falloir allonger. Après lui, le pognon pour les pompes funèbres, ce serait fini. À part pour ses propres funérailles, Bernard n'aurait plus à dénouer les cordons de la bourse plate qui était la sienne. Il pourrait peut-être même penser à une nouvelle voiture. Les bonnes occases, ça se trouve. Sans compter que maintenant y a la prime à la casse.

Les cendres de Patrick ont été dispersées à Tonneins, sous un arbre, dans le jardin du souvenir. Assistaient à cette dispersion comme au reste de la cérémonie Bernard, Audrey, sa fille aînée, Martine, Ed nouvellement libéré et son fils Grégoire, Val et moi. Laura et sa mère n'étaient pas là. Pas d'argent pour prendre le train. Du coup il n'y avait pas grand monde pour dire adieu à Patrick, Patou, Bec de poisson. Le ciel annonciateur de neige pesait sur le cimetière et d'ailleurs il neigeait une neige légère, un voile floconneux descendait sur la terre pour ensevelir mon frère. J'ai tendu la main, l'ai montée jusqu'aux yeux de Val.

– Regarde, il neige, ai-je dit.

– Il ne neige pas, Dany. Ce sont les cendres de ton frère.

J'ai froissé dans ma poche la feuille de papier sur laquelle la veille j'avais recopié *La ballade des pendus*, qu'ambitieuse j'avais cru pouvoir lire sans ciller. Que les mots de Villon accompagnent mon frère, je les dis doucement en quittant le cimetière.

Et maintenant à qui le tour? Nous ne sommes plus que trois... Pourvu de six pattes aujourd'hui, le cheval court moins vite. Il lui arrive même de boiter. De loin pourtant, son hennissement s'entend. Il s'ébroue. Sa sueur, ses larmes et l'écume qui jaillissent de sa ganache, éclaboussent tout. On n'y voit plus. Ou de moins en moins. On va dire que l'ombre se précise.

Je ne suis retournée au jardin du souvenir de Tonneins que plusieurs mois après le suicide de Patrick. Non pas pour aller m'y recueillir, mais parce que le fils de l'ancienne épicière du village s'en était tiré une dans la bouche. Chacun fait selon ses aspirations. De toute façon, je n'ai rien à faire en ces lieux. Je n'ai pas besoin d'eux pour penser à mes morts, dès lors qu'ils viennent la nuit se rappeler à mon bon souvenir. Enfin quand je dis « mes », c'est incorrect. Mes morts en général me laissent en paix. C'est d'Andrée et de Lucette qu'il faut parler. Leurs intrusions sont permanentes. Parfois elles arrivent l'une sans l'autre, d'autres fois ensemble. De toute façon, seules ou à deux, elles me cernent. L'autre nuit ma mère s'est présentée à moi, nue et de dos. Mon Dieu qu'elle était belle, je me serai mise à genoux pour elle. La couleur de sa peau avait l'éclat du marbre rose, ses cheveux roux, négligemment retenus par un peigne sur sa nuque, appelaient le baiser. Elle m'a demandé si je la trouvais grosse. J'ai dit non. Brusquement elle s'est retournée. Et ce n'était pas elle. Encore une fois un leurre. De son vivant elle m'a toujours leurrée, morte elle continue à le faire. Et ce de plus en plus souvent. Elle force les portes d'un coup d'épaule et brusquement se retrouve au pied du lit, visible ou invisible. L'autre nuit elle m'a dit que j'avais grossi et m'a demandé comment allait ma sœur. Bien, ai-je répondu et sur ce je me suis réveillée en sueur. Jamais elle ne pose de questions au sujet d'Ed, Bernard, Christian ou Patrick. Ses interrogations ne concernent que Lucette, elle et moi : cette trinité qu'ensemble nous formons et qui dans le noir respire du même souffle. Quand au petit matin, aux carreaux de la chambre, la nuit mue en fusain, il m'arrive de me tourner vers ma sœur :

– Parle, lui dis-je, tu as le droit maintenant.

Mais de sa bouche, que le feu a détruite, rien ne sort sinon une haleine pulvérente. Et dans la pénombre silencieuse elle m'entraîne à sa suite le long d'interminables corridors sombres, qui sentent le remugle, puis viennent des dédales d'escaliers empestés de toutes les matières que rejette le corps. Il faut toujours courir, car il y a un train à ne pas rater. Où mène-t-il ?

J'en ai bien une idée, mais comme en même temps ce train, on ne peut pas le rater, je le laisse passer. Pas pressée de monter dans ce train-là. Pas pressée. Pressée de rien, à moins que ce ne soit de tout. Pressée parce que le temps presse. Pressée, parce que je sais qu'il est compté. Je peux courir, il me talonne. Ses pas sont dans l'ombre de mes semelles. Il arrive même qu'il les heurte. Lui faire face, j'y ai pensé, mais je n'ose pas me retourner. Car que verrais-je, sinon l'image du sablier dont inexorablement, du haut vers le bas, le sable coule.

On a repris nos déjeuners dominicaux, suivis de parties de cartes. En nous quittant un de ces dimanches, me serrant dans ses bras, Bernard a répété :

– Et maintenant à qui le tour ?

– Question de cartes, ai-je répondu.

Et puis je l'ai suivi sur la galerie et pendant qu'il faisait sa manœuvre, je l'ai accompagné d'un geste de la main jusqu'au portail. C'était une habitude. Une fois rentré, il m'a téléphoné, une autre habitude. On en crée ainsi tout au long de la vie, et quand l'autre s'en va, on est désarçonné, comme jeté au bas de la selle. Par terre à se demander ce qu'on a fait, ce qu'on n'a pas fait. Ce qu'on n'aurait pas dû dire, ce qu'on a tu. Les souvenirs affluent, se bousculent au portillon, ça fait un de ces chahuts ! C'est qu'il y a toute la smala qui revient, avec sa batterie de casseroles accrochées aux basques. Pour un boucan ! D'autant que les anciens en profitent pour s'infiltrer. Des tontons, des tatas, des pépés, des mémés, des cousins, des cousines, tiens, y a même des bêtes !

Ainsi revient Mirette, ma première morte. Elle était rousse, douce et chaude. C'était un jour d'été, nous étions toutes deux sur le seuil de la porte, entre mes jambes écartées elle dormait au soleil, des petits bougeaient dans son ventre. Puis le père Duval est sorti de la maison de grand-mère, il s'est dirigé vers la grange, en est ressorti avec le fusil à l'épaule, une pelle à la main. Il a foutu un coup de pied au cul de Mirette et puis tous deux s'en sont allés vers la forêt de l'autre côté de la route. Jambes repliées, j'ai attendu leur retour. Le vieux est revenu seul. Il a rangé la pelle terreuse comme ses sabots dans la grange. Une fois dedans il a dû raccrocher son fusil au râtelier. Il n'a rien dit, je n'ai rien demandé. Quand on n'est pas habitué à le faire. J'ai juste remonté mes genoux sous mon menton et j'ai pleuré.

Ça commence tôt, l'apprentissage.

J'ai replacé le registre des condoléances, et tout ce qu'il contient de documents, de lettres, de photos, sur une étagère de ma bibliothèque et j'ai arrêté de compter les années qui me séparent de mes morts. Je ne peux pas dire qu'ils me manquent. Quand je pense à eux, j'éprouve juste un immense sentiment de gâchis. Le rêve de la famille nombreuse, unie et heureuse, y a belle lurette qu'il est passé à la trappe. Il a glissé comme nous jadis sur la rampe d'escalier que ne termine aucune boule… Ça n'a fait aucun bruit. Le lendemain matin, comme à son habitude, le concierge a jeté un seau d'eau sur le palier du rez-de-chaussée et puis il a frotté sans rien remarquer.

DU MÊME AUTEUR

La Dérobade, Hachette, 1976
La Passagère, Hachette/Mazarine, 1981
Premier bal, avec Julien Bigras, Hachette, 1981
Chez l'espérance, Hachette, 1982
Malparade, Hachette, 1985
Sang et Plumes, Hachette, 1987
À l'arraché, Lattès, 1990
La Mort de Blanche-Neige, Éditions Stock, 1993
La Passion selon Gatien, Éditions Stock, 1995
Du riz aux larmes, Publibook, 2000
Descendre à Bonne Nouvelle, Alteredit, 2001
L'Instruit, Alteredit, 2003
Hanoi Blues, Alteredit, 2005
Les Aventures de H, sans manches, BookSurge, 2005
La Dérobade, nouvelle édition, Phébus, 2007 ; Libretto n° 389, 2012
Reconstruction, Phébus, 2010

Cet ouvrage
a été reproduit et achevé d'imprimer
en avril 2012
dans les ateliers de Normandie Roto Impression s.a.s.
61250 Lonrai
N° d'imprimeur: 12-1460

Imprimé en France

Dépôt légal: août 2012